悦读纪 ENJOY READING ERA

文化品位
优雅生活

------ 阅读改变女性 · 女性改变未来 ------

LOVE

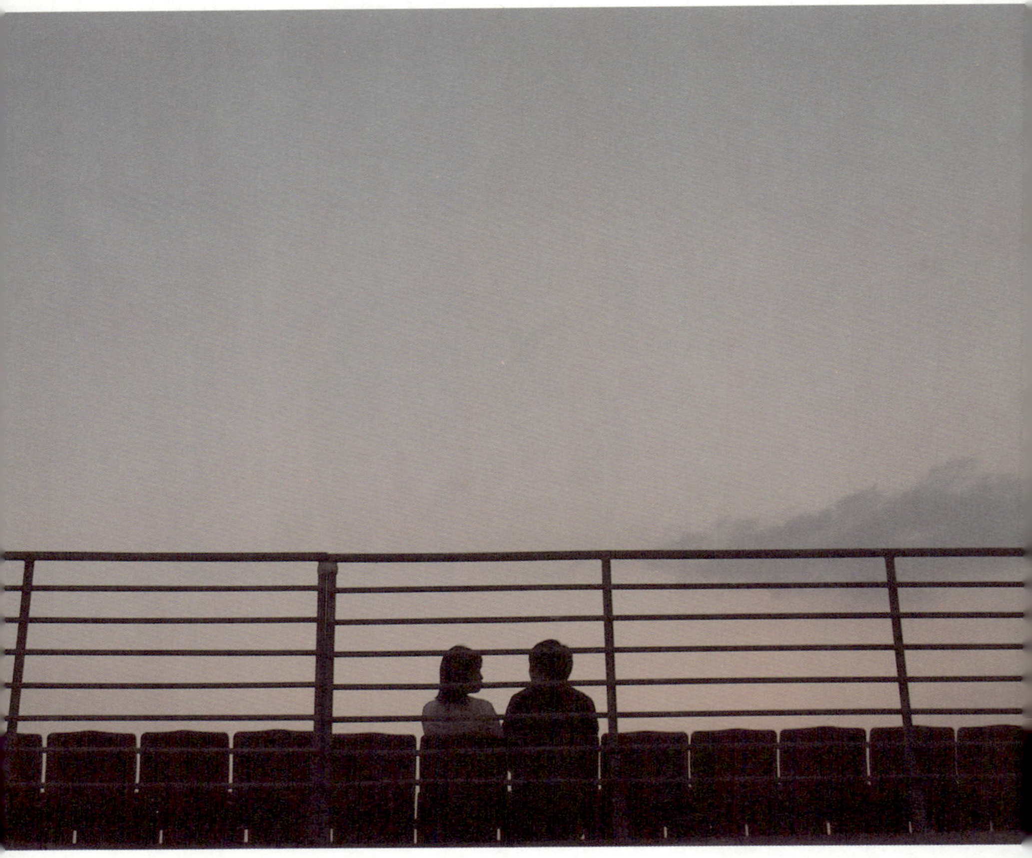

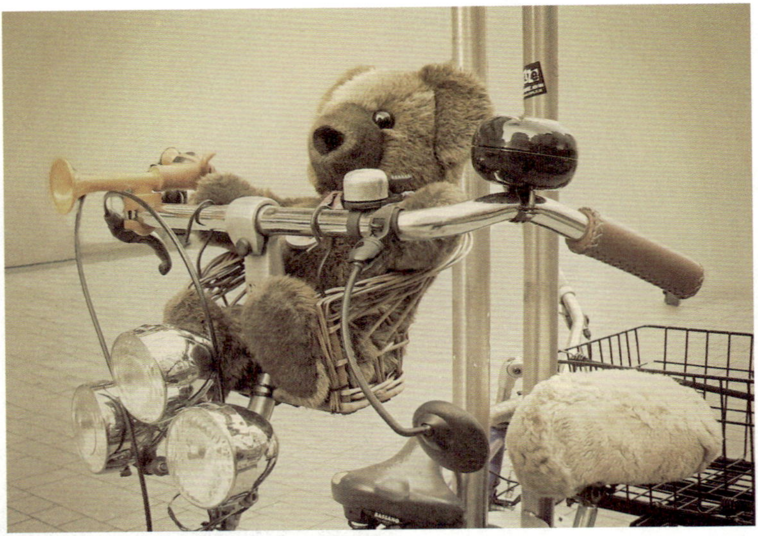

如果我们不曾相遇

刘采采 / 著

江苏凤凰文艺出版社
JIANGSU PHOENIX LITERATURE AND ART PUBLISHING, LTD

图书在版编目（CIP）数据

如果我们不曾相遇 /刘采采著. —南京：江苏凤凰文艺出版社，2016

ISBN 978-7-5399-9640-0

Ⅰ.①如… Ⅱ.①刘… Ⅲ. ①短篇小说－小说集－中国－当代 Ⅳ.①I247.7

中国版本图书馆CIP数据核字（2016）第211193号

书　　　名	如果我们不曾相遇
作　　　者	刘采采
出版统筹	黄小初　侯　开
选题策划	杨　琴　郑丽丽
责任编辑	姚　丽
装帧设计	千　千
责任监制	刘　巍　江伟明
出版发行	凤凰出版传媒股份有限公司 江苏凤凰文艺出版社
出版社地址	南京市中央路165号，邮编：210009
出版社网址	http://www.jswenyi.com
经　　　销	凤凰出版传媒股份有限公司
印　　　刷	联城印刷（北京）有限公司
开　　　本	880×1230毫米　1/32
字　　　数	120千字
印　　　张	8.5
版　　　次	2016年10月第1版，2016年10月第1次印刷
标准书号	ISBN 978-7-5399-9640-0
定　　　价	36.00元

影视版权抢订热线　13911704013

江苏文艺版图书凡印刷、装订错误可随时向承印厂调换

目 录

如果我们不曾相遇，茫茫人生奔向何地

那一天那一刻，
你出现在我生命里

未知的未來，
然而此刻拥有你

后记

248 —

臆想当中的爱情，
不足以为爱情

自序

现在是和相爱的人在一起吗

落下这个标题，我想讲一个故事。

故事不长，但关于爱情，关于婚姻，关于埋在心中的疑问。

姚芳安在我的印象里，一直是个很幸福的女人。性格好、顾家、孝顺公婆，又很会教育小孩，是主妇们的典范。这样完美的女人，理所应当有个好的归宿。

她有一份颇为体面的工作，先生也有自己的事业，生活富足，衣食无忧，每天除了与眼角新生出来的细纹做斗争以外，实在没有过多的烦恼。

不少认识她的少女都以她的生活为奋斗目标。

对于旁人的羡慕，芳安只是笑笑，也不多语。

她偶尔会对我说："有时候，我觉得真的很累……"

十五年前，姚芳安为逃避一段暗恋未果的感情，来到一座陌生的城市工作，举目无亲，孤苦伶仃。工作很辛苦，薪资微薄，也没有编制。

她对未来没有任何期望，只想静下心来，希望时间可以治愈情伤，忘掉上一段感情。

说起来，那或许并不算一场能被祝福的恋爱。对方是她的学长，平素对她十分关照，虽然他也很喜欢她，但遗憾的是，他有女朋友。

每个女孩都会在少女情怀中，将第一个喜欢的人塑造得完美无瑕。

少女时代的芳安就深陷在“第三者”的尴尬与难堪之中无法自拔，后来，她不愿他陷入两难境地，索性退出，又不愿与他总在同一个城市里相遇，那种想爱不敢爱的痛，她委实承受不起了，所以果断离开。

我不能说她当时的选择是对的。二十岁的年纪，正是应该奋力追求爱情的时候，况且对方没未有家室，女朋友算什么，只要未婚，任何人都有竞争爱情的权利!

但她选择了放弃。

为什么不去争取呢？怕担上“第三者”的骂名？怕在与情敌的较量中最终败下阵来，所以只好放弃吗？

对于我的疑问，她并未正面回答，只说根本不懂当时的自己。

这也正常。我们又有多少人能理解从前的自己呢？许多过去以为轰轰烈烈、感天动地的决定，在多年以后的现在看起来，都是匪夷所思的。

也许，这就是成长给予的财富吧。

我们姑且称之为“成熟”吧。

芳安是通过相亲认识她老公的。那是个英俊潇洒的年轻人，我们都称呼他L先生。

姚芳安和L先生站在一起，完美得就像从画里走出来的那样，非常般配。

L先生对芳安特别照顾，两人还在恋爱期间，便替她解决了编制问题，准婆婆还像对待女儿一样地照顾她。

仿佛是理所应当，芳安嫁给了L先生。

但也正因为如此，芳安的婚姻在多年以后出现的问题，总是围绕在“我是因为爱他才嫁给他的，还是因为欠他太多”这个疑问上。

至少迄今为止，芳安依旧对这个问题感到十分困惑。

我曾劝慰她，感情这种事情，所有的付出都是因为爱。他爱你，心甘情愿为你付出，你笑纳便是，实在不必有任何负担。

在感情世界里，有着“以物易物”这种想法的人，其实过得会比较辛苦。

以“他为我付出了那么多，我也应该回报他一些”的态度来生活，往往会觉得很有负担，即使是真的在爱对方，也有可能会在两人关系出现矛盾时，将真爱变成“我其实并不爱他，只不过是不堪重负，还债而已”！

但是，你有没有问过你自己，你的爱情是如何沦为了买卖的？

无论是付出与回报，由心去做，反而会乐得轻松，但实际上，只要牵涉到爱，若得不到同等回应，必然会有一方觉得痛苦。

所以在貌似平衡的感情里，往往会有人为了维持现状，将“爱情”当作“人情”来还给对方，又或许是对自己的真心认知不足，以为付出的是“人情”，却不知道原来很爱对方。

其实对自己的婚姻和爱情不自知的大有人在。这些情侣或夫妻都自以为是地认为他们的爱情关系不过是各取所需的一种交易而已，而往后的人生，基本总是在各种幻想中与期望拥有的人彼此相爱，并在一起朝夕相处。

当然也有人是真的不爱对方，因为客观原因不得不生活在一起。嘲讽的是，这种人反而能平和相处。

芳安说，她曾经十分依赖L先生。

“那时候，他对我很好。我没有朋友，又很孤独，所有的一切都是他给予的，他就是我的全世界……”

好吧，我们将镜头转向L先生。

这位三十八岁、事业有成的男人，十分开朗健谈。他乐观、风趣，对朋友热情又义气，是个有口皆碑的人物。他可以搞定公司项目，解决公关危机，处理在许多人看来都十分棘手的问题，在下属和朋友的心中，是个神一般存在的人物。

却唯独猜不透妻子的心。

他曾在友人聚会中惆怅哀叹，与妻子的感情，似乎也只剩下亲情与责任了。

在我看来，此举做得有些不妥，不知道他有没有考虑过妻子的处境，有没有考虑过她会不会因此感到难堪，但转念一想，又倍感同情。任何痛苦坎坷的婚姻，都是夫妻共罪，没有哪一个是无辜的。若不是因为心中烦闷至极，想必他也不会如此控诉。

但一对夫妻，若是肯直面自己婚姻的问题，并坦然爱已逝去，只剩下责任与亲情，这样的夫妻，我总觉得，还有重新相爱的机会。

早几年，两人也有蜜糖期，感情稳固。

但因为公司发展需要，L先生在过去的几年里，忙于创业，长期在外奔波，无暇顾及娇妻与儿子。他唯一能够补偿给这个家庭的，除了物质还是物质。

如所有类似情况的夫妻一样，他们之间的交流也越来越少，性生活甚至可以少到一个月一次也没有。

这对风华正茂的芳安来说，无疑是种煎熬。

可对L先生，又何尝不是呢？

长期两地分居的夫妻，难免会产生一些问题。当然，小问题都可以忽略不计，但如果遭遇第三者，那么基本所有原本可以忽略不计的小问题，都会变成不可宽恕的罪。

L先生某一次回家，洗澡忘了拿手机——可是正常人洗澡都不会带手机进浴室的啊！

那姑娘的短信过来时，芳安正好坐在手机旁边，本是无心一瞥，却有如晴天霹雳！

无疑，内容是暧昧的。

不祥的预感冲入大脑。她把短信翻来覆去看了好几遍，然后翻查L先生的手机，发现他的收件箱里与这个陌生号码之间的互动短信不止一条，言辞亲密，两人关系可见一斑。

浴室的冲水声停止了，她握着手机，端正坐着，等待L先生出来。

L先生裹着浴巾从她跟前经过，发梢上的水滴得满地都是。若是以往，芳安一定一面埋怨他又把地板弄湿了，一面又拿了毛巾冲上去，体贴地替他擦干。

但这一次，她冷冷地看他。

“爱上别人了？”

L先生不解地看她。

她将手机递到他的跟前，L先生恍然大悟，想要伸手去夺，芳安却一把把手机砸在他身上。

“好玩吗？”

她依然温柔地问，可眼泪却不可控制地滑落下来。

L看着地上摔碎的手机，无言以对。

时间是残酷的流沙，可以摧毁坚贞不渝，也可以铸就爱的坚固城墙。

而控制这盘流沙的，是当事人的双手。

遗憾的是，这双手造就难堪局面的机会，总归是要比完美结局多一些的。我听过很多故事，总结出一个法则——如果在一段感情里的你们能够随时自省，多些包容，想必爱情也是可以长命百岁的。

可惜的是，就连此时侃侃而谈的我，其实也做不到这样。

故事讲到这里，或许会有人好奇，姚小姐与L先生最后怎样了。

嗯，因为孩子，也因为经济依赖，芳安和L先生依然生活在一起。

L先生因公司发展迅速，在家庭所在城市又有了新的投资。芳安也因为工作表现出色，于日前被提拔为所在部门的科长。他们的儿子品学兼优，回回考试都在班级前三名。他们一家，在朋友们的眼里，依旧是令人羡慕的。

至于那个神秘号码的主人，她终究还是寂寂无声地消失在了他们的世界里。我暗自揣摩，大约是L先生衡量再三，投向新恋情的冲动始终还是不及平静稳定的旧爱情，于是回头是岸。对于这样可有可无的存在，不知道像灰尘一样被掸掉的第三者，心中会作何感想。

大约会不甘心吧，凭什么付出了同样的真心，却偏偏要含冤而死。

可这就是介入别人婚姻的不伦恋者所必须要遵守的法则啊。

对于摔碎的镜子，一般来说我们都是要扔掉再换个新的回来。

虽说“破镜重圆”是个成语，但重圆后的镜子所照出来的脸，毕竟是狰狞丑陋的。

除非你们受得住彼此的狰狞丑陋。

这个世界上，有绝对完美的爱情吗？

没有。

那么这个世界上，有最好的婚姻吗？

谁知道呢。

如果两个人拥有共同的兴趣爱好，共同的奋斗目标，且彼此尊重，彼此能从对方的身上汲取到进步的养分，从而感觉到能有这个人携手一生，真是一件幸运又幸福的事情。那么，也算是个不错的结局呢。

但是讨厌的我不得不提醒你，身处于漫长的婚姻与恋爱当中的你，到底还是会有腻烦对方，或者被对方厌倦的时候。你会觉得这段感情犹如嚼蜡，实在是乏味得很。然后心生疑惑：这个人是我想要共度一生的伴侣吗？我孜孜不倦地追求梦想，放弃数不清的鲜花与森林，就是为了过这样无趣的生活吗？对于爱情那么苛刻又挑剔的我，现在是和相爱的人在一起吗？

不用感到羞愧，也不必觉得愧对恋人。你应该做的是，同他好好谈一谈，彼此自省一番，再认真地回答自己。莫要糊里糊涂，虚度人生，愧对青春，罔顾真心。

愿有情人终成眷属，终古不离。

刘采采

2016年6月6日

如果我们不曾相遇，茫茫人生奔向何地

借你一生，送我离开

当你爱他、他也爱你的时候，你们之间才会产生爱情。有了爱情，才有勇气与他共进同退。如果只是你一厢情愿地喜欢人家，那不叫爱情，叫单恋。单恋是美好的，单恋中的人，愿意为自己所爱的人付出一切，不求任何回报，也没有任何怨言！可是当有一天，你觉得你的付出到了尽头，你觉得你应该得到一些回报的时候，那么这所谓的爱情，也就结束了。

我将宋波从派出所里保释出来的时候，他的脸青一块紫一块，肿得跟猪头一样。可即便如此，他还是在我跟前摆出一副桀骜不驯的死样子。

我捏着包包的手青筋暴起，但是最终还是压下了想要把他打一顿的冲动。

懒得动他，省得砸坏了我的包。他如今在我心里，还不如一个包包来得贵重。

许存异签了字，在他朋友的陪同下出来了。与我们在派出所门口狭路相逢，挂了彩的脸上相当难看。

我忙顿足向他点点头。

他不愧是个颇受女人欢迎的男人，反应十分从容，很有风度地朝我微微一笑，点了点头。我如果不说，旁人大概也不会晓得，他就是将我老公打成猪头的那个男人。

当然，他也不见得好到哪里去，那张堪称翻版吴彦祖的脸，如今看起来也是狼狈不堪。

客套的话已无须再讲。如今这个局面，讲什么都是多余。

宋波将头撇向一旁，不知道是心中有愧，不敢面对他的好兄弟，还是打从心底就十分不屑许存异这个人，总之态度十分傲慢。

许存异看他一眼，嘴角扬起一丝冷笑，快步朝自己的车走去。

我也从包包里摸出车钥匙，按了解锁，循着声响找车。

过去很长一段时间里，我都在思考宋波到底还爱不爱我，我与他的夫妻情分是否已走到尽头。

倒也不是我无事生非，只是凭其素日里的举动及女人的直觉，皆是直指他心中另有佳人。只是未曾想到，这“佳人”，竟是我也认识的李一心！

妒火中烧，终是按捺不住，便同宋波说了话：“那么多如花似玉的小姑娘你不去搞，偏偏选了许存异的老婆。人家说‘兄弟妻不可欺’，可你宋波倒是干得漂亮！”

他不理我，只是往嘴里塞了一支烟，摸着裤兜找打火机。

“淡定自如啊你！”我冷笑着看他，“你他妈的有种一直跟我装！”

同我一路来接他的杨小雨拐了拐我的胳膊，示意我不要再讲了。

我拉开车门，坐进了驾驶室，“嘭”的一声把门摔上。

杨小雨忙不迭地拉开副驾车门，对宋波喊：“姐夫，赶紧赶紧，别抽了，咱们回家吧！”

他却依然故我地点燃了烟，吐了口烟圈，漫不经心地说：“你们走吧，我想一个人静一静！”

听他这么讲，我恨不得将方向盘也给捏碎了。

杨小雨在外面喊：“姐夫别闹了。”

“你们先走！”

我冲小雨喊：“杨小雨你到底走不走？”

杨小雨左右为难，想要劝宋波一起回家，又忌惮于我，最终还是乖乖地上了车。

我迅速启动车子离去。

还有脸跟我使性子闹脾气？呵！好啊，随你去，最好死在外面得了，省得老娘还要替你擦屁股收拾烂摊子。

妈的。

若不是接到许存异的电话，我和杨小雨这个时候应该还在餐厅里吃晚饭，自然也就不知道原来宋波心里头藏着的那个女人，就是许存异的老婆李一心。

丢人！实在是太丢人了！我感到无地自容。

想了一万次，依旧想不出宋波与李一心到底是什么时候开始的，而被蒙在鼓里的自己，就好像傻子一样，还在为这段婚姻纠结不已。

杨小雨战战兢兢地偷偷瞄了我好几眼，终于还是没能忍住，极其八卦地问：“姐，姐夫和一心姐之间，到底是怎么回事啊？”

“别叫他姐夫！”我心里一堵，狠狠地踩下油门，汽车飞快地冲了出去。

杨小雨捏紧安全带："喂，你冷静一点，看开一点啊。喂，姐你慢点开，慢点开，我是你亲妹啊！"

她吓得哇哇大叫，我嫌她烦，减缓了车速，将她送回了家。

下车之后，她简直就是感恩戴德，趴在我的车窗上说："姐，要不今晚就住家里吧，你看你情绪也不大好，这时候开车挺不安全的。"

"放心，宋波还不值得我去伤害自己。"

杨小雨不以为然地撇撇嘴。

我知道她是担心我，可我早已习惯任何问题都不劳烦家人。

"今天的事别告诉爸妈，他们年纪大了，最听不得这些个鸡飞狗跳。"

"我知道。"她点头，又问，"你和姐夫会离婚吗？"

"小孩子不要管那么多。"

"我觉得可能有误会。要不要问问一心姐怎么说？"

"你敢！"

我现在哪里还有颜面去见李一心！姑且不论谁对谁错，丈夫移情别恋爱上他人，我在旁人眼里和弃妇又有什么区别？虽说我气场一直强势，然而心里却感觉自己整个人就像泄了气的皮球一样，越缩越小，逢人都要矮上三分。

可这些道理，小雨哪里懂！她年轻，单身，根本就不懂得爱情法则的残忍。她翻翻白眼，转身上楼，临走之前扔下一句："我已经二十四岁了好吗！"

我瞪着她，未发一言。

杨小雨，我的亲妹妹，见证了我与宋波爱情的女孩。她出生的那一天，我与宋波在医院里碰面。当时我们都只有七岁，上小学一年级，是同班同学。

那一天的天气奇好，风和日丽，医院的花圃里开满了粉的蓝的小花。

我想去摘几朵小花回来，放在妹妹的小枕头边。

出了走廊便遇上了宋波，他同他父母来探望刚刚生了孩子的亲戚。

我经过他时，他正靠在病房门口，百无聊赖地玩着手中的玩具小车。一见着我，脸上掩饰不住的欣喜，高声就喊：“咦，杨小晴！哇，遇见你可真是太好了，待在这儿可无聊了！”

那张稚嫩的小脸上，漾开一个大大的笑容，露出了正处于换牙期的尴尬口腔。

瞧他那副傻样，我忍不住掩嘴偷笑。

他回身跟他父母打招呼：“我跟同学出去玩会儿啊！”然后也不待他父母答应，就飞快地牵着我的手，拖着我往花圃跑去。

那是我们第一次牵手，在还不太懂什么是“喜欢”的年纪。

后来我跟他提起那一天，他说记不大清楚了，但我却记得十分清楚。

因为那天，杨小雨出生。

今天杨小雨约我吃晚饭，说是想我了。

见了面，她神不守舍，问她发生了什么事，却总是顾左右而言他。

饭吃到过半，她终是忍不住，问：“姐，如果不幸爱上了一个……一个可能并不爱你的人，那应该怎么办呢？嗯，你说爱到底是无私奉献好呢还是自私占有好呢？”

“问这个干吗？”

“哦……写稿子需要……有点想不通。”

“上网问度娘呗。”

我故意这样说，她听了以后，表情相当复杂。

我知道她必然是遇到了感情上的麻烦。可是很多时候，感情这种事并不是说你听了谁的建议就可以得偿所愿的，还要经历许多过程，才可以看清楚许多事，想明白许多问题。

至少这种问题，我是无能为力的。

现在，突然觉得自己方才的缄默是明智的。

一个感情世界里的失败者，又有什么资格为别人的感情困扰指点江山？况且还是为一个没有标准答案的问题。

我看了看时间，七点半。

车子停在马路边的车位上已有一个半小时。因为久久没有下车，守车位的大姐来回查探了两三次，怕我在车子里出了什么事。也怨不得她，近日来网络上关于因爱生恨，或是事业失败而把自己困在车子里自杀的新闻，实在是太多了。

这期间，李一心打了七个电话来，我都没接。

又发了微信，内容大致是误会一场，她和宋波只是朋友关系，如此云云。

我统统删掉了，然后启动车子，回家。

也许，该给宋波一个机会，听听他的解释。可这个念头刚一升起，便又被自己否定了。

万一是我自作多情呢？人家说不定根本就没打算要同我解释。当然这个时候，解释也是多余的，他大概对我也有诸多不满，就如同在我眼中的他，早已是千疮百孔的一个人。

按理说，“青梅竹马”这样的感情应该固若金汤，可是谁也不清楚究竟是什么时候，我不再信任他，他也不再关心我。

也许是因为长久以来枯燥无趣的婚姻生活。

也许是因为，我们至今都还没有孩子。

是的，我们没有孩子。

这是目前我能想到的唯一令我们出现感情问题的原因。

其他的可能，我实在是想象不到。

宋波是个温文儒雅的男人，对人总是客客气气，在朋友圈子里是出了名的老好人。但这一年以来，他对我却是性情大变，极其冷漠不说，有时候甚至还会恶言相向。

可尽管如此，我依然愿意待在他的身边。

究其因由，大约是我贪恋安稳，也认为只有他能给我这样的安稳。

但我们之间还是不可避免地出现了许多问题，就像许许多多的夫妻那样。

别人说一段婚姻关系的不稳定，必然是有千万个不和谐因素埋于其中，平日里看不出区别来，蓄谋已久只为了待到某一日，陡然爆发。

这一年来，他数落我的种种不是，譬如整日待在公司里，譬如为了陪客户喝得酩酊大醉，譬如不喜欢我太有钱……

可我知道，这些都是借口啊。

他希望有个孩子，而我似乎不能生。

是的，这是最关键的问题，至少在我看来是。结婚七年，我们没有孩子。

我不太敢去医院检查，唯恐问题出在我的身上。

当然除此之外，我们还有许多不合拍的地方。就像许多情感不顺的夫妻那样，彼此挑剔，不肯让步，会因一件鸡毛蒜皮的小事就吵到天翻地覆，恨不得一巴掌拍死对方。

再后来，唯有缄口不语，才能避免争吵。

关于性事，自然也是愈加减少。他上缴公粮，我履行义务。什么姿势更加令人激情澎湃，或者什么场合更加令人血脉贲张，对不起，这两年，我们对此都意兴阑珊。

如果以要孩子为目的的话，或许那件事情做起来是有意义的。

然而并没有。

在这个月的例假还没来的时候，我是担忧的，深恐怀上了他的孩子，因为这样，我们就必须要一辈子生活下去了。

所以爱情有时候很可怕，从前以为要一辈子在一起的人，竟然会在某一日突然萌生想要放弃的念头。所以爱情根本就没有永恒，婚姻更不是爱情的保障。

我很害怕不冷不热的婚姻生活，更害怕这种生活被天长日久地复制。

就在这种极度矛盾的心理状态下，我确定了自己并没有怀孕，例假延迟不过是像过去很多次那样，只是一个误会而已。

可是得到这样的结果，我却又感到十分失落了，也是奇怪。

在心底某一处，到底还是很企盼有个像他也像我的小生命来造访的。

在他与许存异为了李一心而打架的这件事发生之前，尽管我已经在考虑是否要与他离婚的问题，但每一次念头起来，又会被无数个“不可以”压下去。

周而复始。

对于婚姻，我是一个消极主义者。在坚持与放弃之间摇摆不定的我，实在是没有想到，宋波会给我这样一个难堪。

坐在客厅的沙发上，我盯着电视机旁的大吊钟发呆。

十一点的钟声敲响时，他依然没有回家。

我拎起小包出了门。

我从来没有像今天这样强烈地想要喝酒。

随便找了个酒吧，我选了个不起眼的角落，点了一些酒。

不记得到底喝了多少，总之我出门的时候，只觉得灯在晃，人在晃，天在晃，地在晃，就像所谓的爱情一样，晃来晃去的，没有准点，没个定性。

我打开车门，坐了进去。

对，酒驾。

换了平时，宋波是绝对不会允许我酒驾的。不论我在哪里喝成了狗，他都会千里迢迢地跑来接我回家去。

可是今天……呵呵，算了。

有句俗话说什么来着……人倒霉的时候，喝口水都有可能塞牙缝。

这是我第一次酒驾，但仅此一次就出了事。

稀里糊涂的，也不知怎么就开车撞了别人家的墙，还把自己的头撞开一个大窟窿！

万幸的是，没有伤到其他无辜的人。

而身为肇事者的我，被救护车送到医院的时候，不仅醉成一摊烂泥，还吐得一塌糊涂。

家中来人处理及时，所幸无人报警。

我是个坏榜样，聪明孩子千万不要学。

“护士，十糖水静脉快滴，20毫克速尿肌注！”

天旋地转间，耳畔听见一个理智又好听的男人声音。

睁开眼，白晃晃的灯光下，一双清俊的双眸正注视着我。喂，我的确是醉了，但伤成这样、痛成这样，哪能不清醒。所以理所当然的，他用针为我的额头打麻药时，我忍不住痛得叫出声来。

“你大爷的，我是人啊，你当你在戳猪肉吗？”

那双眼睛含着笑，并没有生气。

“别怕，忍一下。”

他的声音温柔又不失刚毅。

一种莫名其妙的安全感令向来怕痛的我甘心臣服，乖乖躺着，听从他的安排。

家人们无一例外，全都赶来了。宋波也在其中。

我的父母生性刻薄，原本便不太喜欢姓宋的这位女婿，如今见着女儿受伤，又知道了事情的始末，自然就把所有的矛头都指向了女婿。他们在门外怒不可遏，音量也一点不弱，恨不能手中再拿个小喇叭，叫周遭的人们都来看看宋波这个陈世美、负心汉。

“我们把女儿交给你，你怎么就不能好好对待她，竟然还做了对不起她的事！”

“看吧老头子，当时我反对小晴嫁给宋波是对的。”是妈妈的声音，她哭完之后，语气忽然变得严厉起来，“宋波，当初倒不是我们瞧不上你家里的条件，我们也不是这么肤浅的人，但如今你害得小晴身受重伤，我可是真的难过啊。谁家的孩子不是父母的心头肉啊，当初要不是你信誓旦旦地说会对她好一辈子，小晴又死心塌地地非要跟着你，我们哪能放心将她交给你啊。看看吧，这些年过去了，你给她什么了？这会儿腻了，烦了，还要给她那样的难堪。不是妈妈说话难听，妈妈是真心很生气。”

“宋波啊，你妈说话是不中听，你也别放在心上。但是男人呢，千万不能三心二意，选了要一辈子在一起的人，就要对她一心一意。朝三暮四的男人，我尤其看不上，那跟畜生有什么区别？你说！”

宋波什么话也没说。

他们愈加过分，难听的话更是不绝于耳。

我动了动嘴唇，想叫他们住口不要再讲了。但刚一张口，就觉得脸上很痛。

医生正在缝针的手顿了顿。

“护士，出去叫病人家属安静一点！”

他的声音很低，但在清创室里无比清晰。

伤口缝合好了之后，他们送我回病房。

“姐，你有没有怎样？”

“一定很痛吧？”

“小晴……”

我睁开眼，向大家微微一笑，说：“没什么事，就是开车不小心，以后我会注意啦，你们别担心了！”

我的眼睛掠过他们，看见宋波站在门口。他有些手足无措，最后将双手插在裤兜里，眉头深锁，远远地看着我，眼里满是担忧。

见我看着他，他快步走到病床跟前来，像是鼓足了勇气，说："小晴……"

他伸出手，想要握住我的手。我躲开了。

他低着头，站在我面前，像个犯了错的孩子。

那一瞬间，我心中一软，但一想到他过往对我的冷漠，带给我的难堪，顿时就像被万箭穿心一般，心里头数不清的窟窿顿时又突突地冒出血来。

我说："现在，谁也不要吵。有些事，等我出院以后再说，你们都回家去，我可以照顾好自己。"

"这怎么可以，你需要人照顾，妈妈陪着你！"

"不用，我自己就行了。"

宋波忙说："有我在呢……"

我终于忍无可忍，漠然看他："你走吧，我不想见到你。"

他愣在原地，无助地看向身边的人。

然而并没有人帮他说一句好话。就这一点来说，我的家人确实有够无情的。

杨小雨倒是动了动嘴，但话到嘴边还是咽了下去。她是怕刺激到受伤的我。

宋波黯然转身，举步维艰。

医生刚好进门与他擦肩而过，他们相互侧目，却未言语。

医生摘下了口罩，明亮的眼睛下，是棱角分明的一张脸。

有的男人，不能用"英俊"这样肤浅的词语来形容，如果说"男人味"可以形容男人的外表的话，那么这位名叫孟昊的医生，正是那样的。

“呀，孟昊，真没想到我姐的主治医师是你，太好了！”杨小雨一见到他，顿时喜出望外，她迎了上去，“我姐怎么样？没有什么大碍吧！”

他淡定地点点头：“明天早晨做个CT吧，那样才知道大脑的具体情况。不过以病人现在的情况看，应该没有什么大问题，大家就不要担心了！”

“吓死我了，看她刚才满脸都是血！”

他微笑着说：“看着是挺吓人。现在病人需要休息，家属留下一个照顾她就行了。”

最后，小雨留了下来，她坐在我床旁的椅子上，头枕在我的身畔。

“你认识这个医生？”

“是啊，他是我们主编的朋友，一起吃过几次饭，也不是太熟。不过他是你的医生，我多少也可以放心一些。”

我揉了揉她的头发，没有说什么。

她顿了顿，轻声说：“姐，你知道吗，你和姐夫曾是我的偶像。”

“是吗？”我垂下眼睑。

她抬起头来，看着我说：“当初爸妈反对你们的婚事，但是你表现得超有魄力，我当时可崇拜你了。明知道爸妈不可能将你嫁给一贫如洗的姐夫，可你却努力博得了他们的认可，还瞒住了姐夫……姐，从那个时候开始，你在我心里就好伟大喔。所以，我也对自己说，一定要找一个自己深爱的男人，哪怕他是个穷光蛋也没有关系，哪怕他并不爱我，我还是要像最开始时那样，义无反顾地去勇敢爱他。”

“傻姑娘，你理解错了。”我摸着她的头发，疼惜地说，“当你爱他、他也爱你的时候，你们之间才会产生爱情，有了爱情，才有勇气与他一起共进同退。”

杨小雨的表情十分茫然。

我残酷地说：“如果只是你一厢情愿地喜欢人家，那不叫爱情，叫单恋。单恋是美好的，单恋中的人，愿意为自己所爱的人付出一切，不求任何回报，也没有任何怨言！”

她陷入了沉思。

我接着说：“可是当有一天，你觉得你的付出到了尽头，你觉得你应该得到一些回报的时候，那么这所谓的爱情，也就结束了。”

“姐……”

我轻轻摩挲着她的脸，微笑着说：“小雨，你还太年轻，以后会明白的！”

其实，我又有什么资格向小雨说教呢？我不过是个爱情的失败者。

第二天，孟医生带着我去做了检查。一小时后，他拿着CT报告对我说我有轻微脑震荡，需要住院观察几天。

涨头涨脑的我僵着脑袋，一动不动，轻声说：“好，你说了算。”

他见我可怜巴巴的模样，忍不住笑了。

“总之这几天你尽量避免头部的运动，倒不是病情需要，而是因为动一下真的很痛。”

我忙眨眼表示没错，并冲他竖起大拇指。他是正确的，现如今哪怕是动动眼珠子，都扯得我大脑神经疼。

“以后记住，喝酒不开车，开车不喝酒。”

我再一次冲他竖起大拇指。

孟医生应该是知道我出事的前因后果的。

据说医生都会询问家属，为什么病人会发生这种情况，然后人称小喇叭的杨小雨一定会告诉他，我男人背叛了我，我想不开所以去喝酒，接着很蠢地酒后驾车，出了车祸。

可能是因为这个，也可能是看在杨小雨主编的面子上，总之孟医生十分关心我。在我住院的那几天，每天早晨他都嘱咐医院的厨房为我做蔬菜粥，即便在他轮休不当班时，也会每晚打电话到我病房来询问我的情况。

我不晓得他是否对每一位病人都是如此，但却因此非常感动。作为医生，他真的非常尽职！

我开始期待他每天早晨微笑着走进我的病房，然后温和地问我："今天感觉好点没有？"

当这样的感觉越来越浓的时候，我为自己敲响警钟。

杨小晴，你还是别人的妻子，不可以随便打别的男人的主意。

况且，这样优秀的一个男人，又怎么可能会没有女朋友呢！说不定早已妻儿相伴。

一想到这儿，我不由黯然叹息。

宋波几乎是每天都来，但我一想到他同李一心之间的事，就觉得心里堵得慌，根本不想见到他。可他真的离开后，我却又觉得痛苦。

我还爱着他吗？

不，早已不爱了。

我怎么可能还会去爱一个背叛我的男人！

是的，骄傲如我，绝不会搂着爱情的尸体强颜欢笑。

我与宋波，除了离婚，已别无选择。

杨小雨说我做得太过无情，我却不那样认为。

两人之间，倘若早已没了爱情，并存有背叛，又何苦要假装恩爱地生活在一起？而婚姻这种关系，更是冷暖自知，有的人演技好，哄骗了别人，也哄骗了自己，即便是个中苦涩痛苦不堪，却也甘之如饴；可有的人，根本不屑于演戏，与其心口不一地演着双簧，还不如快乐地唱个独角戏。

我属于后者。

四天后，由于公司的事情急需处理，孟昊在我的要求下，开了出院证明。

他将出院证明递给我，然后说："以后最好还是不要喝酒了，喝酒对女人的身体伤害挺大，以后想要小孩子，可能也会比较困难。"

我奇怪地看着他，非常惊讶他所说的话。

他爽朗一笑，接着说："我希望我的病人都健康、快乐、幸福地生活着。对了，往后要是有身体上的不舒服，尽管电话我，欢迎咨询。"

他递给我一张名片，我看了看，笑着收了起来。

"谢谢你！"

"不客气，回家好好休息。"

刚到家，就见宋波坐在沙发上。这些天，他大概也不好过，头发乱蓬蓬的，满脸胡楂，要多狼狈有多狼狈。

我们看着彼此，却无法再从对方的脸上找寻到一丝半毫的温情。

时光匆匆飞过二十多年，从小时候到现在，原本以为根深蒂固的爱情，竟已土崩瓦解。

我是真的很心伤。

抛开出轨、抛开没有孩子，我同他之间的问题，还有一个性格不合。这些天在医院里，我也仔细思索过，归根结底，我与他还是不太契合。就性格而言，他是个大男子主义，我是个大女子主义，单从这一点来看，就注定我们不能相伴到老。

婚姻还是要一强一弱的搭配，才叫完美。

我看着他，不愠不悲，说："离婚吧！"

他叹了口气，自茶几上拿起一张纸，递给我，然后起身向房间里走去。

我看着上头的字，手微微发抖。

这张写了离婚协议书的纸片下端，签了宋波的名字，龙飞凤舞，倜傥风流。

他对我，果然够无情。

没有争吵，没有谩骂，没有一地鸡毛。

二十多年的感情，七年的婚姻，所有都结束了。

我将房子留给了宋波，和他在一起那么多年，除了房子，我还能给他什么?

宋波本想净身出户，可我拒绝了。他比我更需要这些东西。但我不能那样讲，因为我知道，敏感的他，会认为我在施舍。

其实，这并不是施舍。

曾经爱过的人，当我们想要离开的时候，也并不希望他将来的人生太过狼狈，所以，才会想要弥补对方，力所能及地在经济上给予帮助。

结婚以前，我就拥有一套房子，虽然面积不是很大，可却是完全属于我的空间。

再一次回到这间小屋，我将自己抛进小客厅的沙发内，缩成一团。

离婚，真不如旁人看的那么简单，会很痛……你要推翻过去自以为正确的选择，你要放弃过去深爱的人，你要否定曾经的山盟海誓，你要重组你的人生……

酒，可以解脱一切苦恼，也为庆贺今日重获自由！谢天谢地，我终于要重新去选择自己将来要走的路了！

谢天谢地，我终于哭了。

离婚之后的很长一段时间里，我都浑浑噩噩地过。

宋波彻底从我的世界里消失了，他是忙碌的，我们之间没有任何值得再联络的事情。财产分割明确，没有小孩，从此我与他，桥归桥路归路，青山不改，绿水长流，后会再无期。

但我多么希望此时此刻的他，也像我这般痛苦，至少证明我们曾经相爱过。

可他的人生，也许已经翻开了新的篇章。

再一次遇见孟昊，是在酒吧里。当时我已醉得一塌糊涂。

我认不出他来了。

若非是遇见他，或许我会拥有一个香艳又荒诞的夜晚，因当时去酒吧的初衷，便是如此。

但我就是那样的好运气，遇见了与同事聚会的他。我早已烂醉如泥，哪里知道夜里发生什么事，只是第二天一早醒来，发现自己躺在家里，衣衫整齐，毫发无损。

抱着那颗快要炸裂的脑袋，我努力回想昨夜究竟发生了什么，可对于喝断片儿的人来讲，回忆宿醉之夜根本就宛如穿越前世。

我放弃了，向床头看去，床头柜上放着一包药，旁边写了一张字条。

“小晴，这是治疗酒后头痛的药，记得用温开水送服。以后别喝酒了，有什么不开心的事，记得告诉我。”

捧着那张字条，眼泪夺眶而出。

万幸，在我想要堕落的那一刻，能够遇见这样一位有缘的医生。

日子一天天波澜不惊地过下去，我也已经渐渐地习惯了没有宋波的生活。

又一次与杨小雨相约吃饭，她笑着说：“姐，如今你的气色可比从前好太多了，看来过得不错嘛。”

我不以为意：“忘记一个已不再爱的人，又有何难！”

“有新欢了吧？”

“新欢倒是没有，好朋友却是收罗了一个。”

她闻言，倍感好奇地看着我。

“上次帮我治疗的医生，孟昊，这些时日多亏了他。”

“孟昊？你们在联络吗？”杨小雨的惊讶，令我有些意外。

“怎么？不可以联络？”我笑盈盈地看着她。

“那你对孟昊了解多少呢？”她有些犹豫，怕自己的猜测唐突了我与孟昊的关系，但最终还是说，“听说孟昊跟他太太可是私奔到少城来的，他有告诉你吗？”

“这倒没有。”我勉强撑着笑容，将送到唇边的水杯又轻轻放下。

虽然早已猜到一二，可是从别人嘴里听来以后，还是难免心痛。

孟昊从来不曾告诉我他有妻子。想必，在他的心里，我不过就是一个普通朋友而已，普通到无须知道他的家庭、他的私事罢了。

“我们只是普通朋友，偶尔遇见，他会开解我一下，仅此而已。”

杨小雨闻言，释然一笑：“哦，这样挺好，孟医生是个好人。”

顿了顿，她又说：“姐，听说一心姐和存异哥依然生活在一起呢！”

“这原本便是预料中的事情。”

“为什么？”

“有的人选择放弃，有的人选择忍受。”我笑笑，不想过多解释。

有一种人一旦孤独，就充满了邪恶与破坏力。

就如此刻恶意满满的我。

与小雨分别后，我才觉得心里难过。

最痛苦的时日已经过去了，我同宋波的过往也画上了句号，但万万不该的是，在逃离宋波的过程中，我对孟昊有了别样的感情。

自酒吧一别之后，我们的来往多了起来，我对他充满了幻想，甚至以为他将是我下一段感情的着陆点，不曾想到他却已结婚有了妻子。

此时此刻，一想到他正在对另一个女人好，我便心如刀绞。

实在无法克制心底的小恶魔，索性放任自流，于是我拨通他的电话：“孟昊，晚上有没有时间？我想请你和太太一起吃晚饭。”

“请我和我太太？”他有些迟疑。

我接着说：“这些时日也多亏了你的照拂，不然我也不可能恢复得这么好。”

“不用客气吧，这原本就是我应该做的！”

“我听小雨讲了，真为你们的故事而感动，很想认识你太太呢。”

我找了借口，电话那旁的孟昊这才爽朗地答应了。

孟太太一定很幸福，她的丈夫这样护着她。

到了约定的餐厅，我见到了孟昊的妻子，她与我想象中的并无二致。

虽然并不惊艳，可却楚楚可怜，惹人疼惜。

这，是我没有的。

孟昊向他太太介绍说，我是他的好朋友。我笑笑，腹诽我这个“好朋友”可是对他存了心思。单身女人，哪能有什么清清白白的异性朋友。

可单纯如孟太太，她是相信的。

那顿饭吃得很开心，我同孟昊的太太也是非常投契。她对我全然没有戒心，因为她相信，孟昊始终只爱她，不会背叛她。她眼中流露出来的自信，足以击退每一个跃跃欲试的女人。

可是，我不会。

我从来不会轻易认输，就如同与宋波的婚姻，除非我不再爱他，否则休想我会放弃他。

我想，孟昊应该知道我的心吧，否则也不会在每个冰冷孤单的夜晚，都能收到他的信息，叮嘱我早点睡，不要不把自己的身体当回事。

当我感到孤独的时候，我想听听他的声音。

当我遇到困难的时候，我想听听他的意见。

我从微博、微信方方面面了解他的动态。

我想知道他所有的一切。

可他对我除了关怀，旁的事情，并不过多赘述。

若非本性善良，无意为之，那他可真是一个情场高手，欲擒故纵之法行得行云流水，让我舍不得，不舍得。

他已融入我的生活，我的生命。我期望他是我生命中的一部分，甚至，是全部。

可是，我算他的什么呢？传说中的“红颜知己”吗？

不，我并不甘心如此。

那晚，我是刻意在楼梯上摔了一跤，然后哭着给他打去电话。

他心急如焚地从家里赶到我家，而我躺在客厅的地毯上，抬眼笑着看他。

“你搞什么！”他有些生气，看到我的膝盖上只是一小块青紫，他严肃地说，“我还以为你摔下去了，干吗那么不小心？”

我傻傻地笑着，任凭他发火骂我。

他那样紧张我，不正代表了他也爱我吗?

“我喜欢你！”我对他说。

他像被电击一般，刚毅的脸上惊慌和诧异躲闪不及。

“我想你，想见你！”

我不明白是因为这句话太过煽情，还是因为我太过爱他，当眼泪滑落下来的时候，我扑进了他的怀里。

后来发生得多么理所应当，在那方小客厅里，在这个别人的老公怀里，我达到了前所未有的高潮。

也不记得是谁讲过，女人的高潮来得不易，通常只有在极爱对方之时，才能登临。所以很多女人一生都不曾拥有过，想来也是真爱难寻。

孟昊是个好男人，两两欢愉之后，他久久沉默，陷入沉思。

“怎么了？”我紧张地问。

“没事。”

“不可能，你很懊恼。”

他看着我，良久，坦诚说：“对不起，我对不起你，也对不起林佳……”

林佳，他的妻子，那个与他患难与共的女人。

“我从未打算介入你们……”

只要能拥有他，我可以什么都不计较。

我告诉他，跟他在一起的每时每刻，都是幸福甜蜜的，我爱他爱得很满足。

尽管他无法相信，却也似乎不再那么自责。

可我知道我的言不由衷。

是的，是我勾引他的，不择手段，不知廉耻。

可对于这段关系，我已无法自拔，即便明知是饮鸩止渴，却也在所不惜。

在后来的时光里，偶尔会与孟昊狭路相逢，他的身畔常常偎有林佳。

即便是前一晚我们才亲密温存，可在三人行之时，他也与之前判若两人，并刻意与我保持距离，表情不再轻松自然，且满眼防备，深恐我向林佳告发他。

他是珍惜林佳的。

从未想过让他为难，因是我一直觉得我爱他比他爱我更甚。总不能强迫一个不太爱你的人，对你付出什么吧？想来也是没有道理。

更说不定的是，也许孟昊并不爱我，作为一个男人，他不过只是沉迷于偷情之乐，正左右为难，无比煎熬。

但这也无所谓了，我只不过是想得到他，仅此而已。

是，我就是这样一个人，喜欢的东西，无论费尽什么手段，都一定要得到！

然而这次，我对他的心，手下留情了。

面对孟昊柔弱无力的妻子，我实在是很难痛下狠手。

林佳是那种堪称小白兔的女人，善良、无心机，对孟昊言听计从、无比崇拜。这样的一对佳偶，若无我的出现，应当是完美无瑕的。

孟昊曾说过，林佳十分依赖他。

他在提起林佳的时候，眼里是满满的温柔！我真羡慕她！不，是嫉妒！

不知道是否出于自责，他常在我面前提起林佳。

每当如此，我都会言不由衷地感慨："你是我所见过的，唯一的好男人！"

他摇头："我不是，否则也不会做出对不起她、也对不起你的事情！"

"没有，你没有对不起我，和你在一起，我心甘情愿！"

"可是这样对你太不公平，太委屈你了！"

"我爱着你，你也爱着我，我又怎么会觉得委屈！"

其实这样的对话，说来都是虚伪的，根本毫无价值。

可你看，哪一对恋人不曾将骗人的鬼话涂满蜜糖，又有哪一些话完全是发自内心的呢？讲了那么多言不由衷的话，不过也是为了讨好你心上的那个Ta。

孟昊一面谴责自己做了对不起妻子的事情，一面又沉溺于与我的偷情之乐。

所谓妻不如妾，妾不如偷，大约也是很有道理的。

我不知他在妻子身畔是个怎样的表现，但与我，却如狼似虎，百战不殆。

他喜欢关灯做。

尽管他不说，可我知道，他这样做也不过是为了减轻罪恶感。

我忍。

其实，我多么希望他能清楚地看到，此时此刻令他疯狂的人，是我。

孟昊告诉林佳，他加班的时间越来越多。

实际上大部分加班的时间里，他都与我缠绵于床笫之间。

我常常在猜林佳的感受，即便是再迟钝不过的小白兔，也应该发现自己老公逗留在“医院”的时间，未免过长了一些吧。

如果林佳知道，孟昊在跟她打电话说晚安的时候，另一个女人正在挑逗他，她会怎么做？

我不知道，总之我正在扮演一个十足的坏女人。

比李一心更甚。

我未同李一心沟通过，也不知道她与宋波究竟到了哪一步。仅凭她的一面之词，我是并不相信的。可许存异能若无其事地与李一心继续在一起，想必她与宋波之间，并不是我所想的那样龌龊。

我甚至怀疑过，是否是我误会了宋波。

但此时此刻，早已覆水难收。

我心中装得更多的，是孟昊。

这段关系，见不得光，也见不得人，每日都提心吊胆，却又无法舍弃。

每当孟昊回家，我都会控制不住自己的情绪，工作状态极差，对待下属也极没耐性，一想到他与林佳，便觉得心中像是压了一座山，沉得令我喘不过气来。

看来，“第三者”真的不是谁都可以当的，实在是太过磨人了。

杨小雨在我心中，虽然还是个孩子，但她的洞察力却非同一般。

偶然一天，又是相约吃饭，她肃色道：“林佳很单纯，也无心计，你别伤害她！”

我笑笑，不置可否。

杨小雨并未打算放过我，她依然严肃道：“杨小晴，你再这样，可别怪我不理你，别让我失望，别做让我看不起你的事！”

心底某一处针刺般地疼痛，脸颊顿时也烧了起来，我有些恼羞成怒：“我怎么了？你告诉我，我有跑到那个女人面前跟她讲，她的老公和我在一起了吗？”

“你真是越来越不可理喻！”

“我只不过太寂寞了，想有一个爱人而已，并没有打算拆散他们啊！”

“不要说得那样冠冕堂皇，你自己知道自己到底在干吗！”

杨小雨很生气，放下碗筷提包走人，走得毫不留情。

从小到大，我都呵护着她，而她竟然为了一个陌生女人与我争吵！

我将自己扔进沙发里，又气又恼。

可是，我到底在干吗？

我与林佳，在表面看来，也是一对关系不错的姐妹。

她常常约我出去逛街，我去过一两次，便不再赴约。因为这个女人最喜欢去逛的地方，竟然是菜市场。

第一次见她小小的身子拎着左右一堆的菜时，不禁头大，感叹道：“你是要把菜市场搬回家去吗？这么多的菜，你都会做？”

“当然啦！”她没心没肺地笑着说，“做女人，肯定要学会烧菜做饭，要不然，老公会有外遇的！”

“那你的意思是，只要懂得烧菜做饭，老公就不会有外遇了？”

“也不全是。即使有，我相信他最爱的，也一定是家里那个煮饭婆！”她说完，冲我一笑，拎着菜的样子，好像一只得胜的孔雀。

我觉得她是在挑衅。

但又觉得，或许她是对的。

我与她毕竟不同，她能安心做孟昊的煮饭婆，我却不能！

林佳的善良发自内心，全无城府。

因我时常失眠，林佳替我买来安神口服液。

她还为我妈妈织了毛衣，只因我有一次提起妈妈想穿手工织的毛衣，而我却不会！

她真的很好，完全就是所有男人都想娶回家的那种贤妻良母。

我能与林佳和平共处，多亏了她的这份善良，以及我的宽容心。

又或许，我并不是如自己所想象的那样爱着孟昊。

有一段时间我在怀疑自己，是否只是爱着一个幻影。

一个我寄存在孟昊身上的，理想伴侣。

更令人难以释怀的是，许多时候，午夜梦回，那人依稀仿佛很像……宋波。

杨小雨果然说到做到，不怎么搭理我。我与孟昊之间的关系尽管依旧沉于地下，但介于杨小雨上级领导同孟昊的关系，很难不传到她那里去。

我当然不会迫于压力同孟昊一刀两断。

直到那天，我在医院遇见李一心。

这是自宋波与李一心的事情曝光以来，我第一次与李一心碰面。

她与我看的，是同一个产科医生。

我看着她平坦的小腹，充满恶意，冷冷道："是许存异的孩子，还是宋波的？"

她有些不可思议地看着我，久久才说："莫非你不知道宋波不能生？他同我的绯闻，他同你的离婚，说到底还不是为了你！他知道你有多想要一个小孩……现如今你如愿以偿，可否觉得圆满？"

我呆若木鸡，不肯相信。

她微微一笑，施施然离去。

我一直知道宋波是她的好朋友，但我对她却一直充满敌意，也从不相信他们之间的清白。

于是，她用这样的方式，替宋波鸣了冤屈。

事情已到这一步，再去追究谁对谁错，已无必要。

宋波如今过得怎样，我无从知晓，但同孟昊之间，却真是到了当断则断的时刻。

若是再这样纠缠下去，总会有人受伤。

我同孟昊提出分手，一如对待宋波时那样冷酷无情。

他立时无助地哭泣起来。

我木然又冷漠地看着他，忽然心中一阵翻江倒海，未曾想到过去的自己，竟也有魔怔的时候，爱上了这样软弱的一个男人。

想起那时的宋波，多么冷静，多么从容。

可往事已矣，宋波为了放我走，费尽了心机。

我心高气傲，看不清自己，乱了分寸。

"好好对林佳，不会再有女人比她对你好。"这是我对孟昊发自真心的祝福。

他哭得像个孩子。

他还不知道，我不仅是要分手，也要离开这座城市。

事业有了新发展，我正好趁此机会，去别处他乡，逃离如今。

而我更不会告诉他，我怀了一个孩子，这才是我一直想要的东西。

飞机掠过这座城市的上空时，我忽然想起宋波。

如果宋波离开我的时候，已不再爱我，那该多好。

而从前的我，多傻。

如果你爱的人，不爱你了

爱情它是个难题，有些人懂很多关于它的大道理，却依旧过不好这一生，爱不好对的人。

有那么多人在这件事情上面患得患失，但是,不过是失去一个爱人的你，又有什么可懊恼的呢？

失去，又不等于失败。

失去的另一面，是获得。

遇见新的人，爱上新的灵魂，被另一个更好的人捧在手心里，如珍似宝，悉心呵护。

那个时候，你会谢谢他离开你。因为他的不爱，所以才让你遇见了更好的未来。

5月25日，上海，闷热。

我参加了一个很无聊的会议，其间翻阅《群山回唱》七十余页——抱歉，没有意义的会议，我没理由浪费自己的宝贵时间去迁就它。

然后，脑中冒出一个问题来：如果你爱的人不爱你了，你是潇洒地放他离去，还是苦苦地哀求挽留？

这个问题的冒出，其实并非偶然。

若干年前，我跟先生王老师就讨论过它。他说："如果你爱上了别人，记得告诉我，我会祝福你，放你走。"

我微笑拥抱他："我也是。"

我们都努力克制着，维持着必要的体面。

可实际上说完那三个字之后，我心底翻涌而出的是："你敢！看老娘不打断你的狗腿！"

相信王老师心中定然也是风起云涌，远不似表面上那般河清海晏。

我们真是一对做作的夫妻啊。

问过一些朋友，他们的回答特别不要脸。

"苦苦哀求，自尊是什么？"

"把钱留下，走人。"

"如果是真爱，就放手，让他幸福也是我的幸福。"

"走了一个穿绿的，来了一个穿红的。"

"以一个圆的姿势，让他走。"

"滚吧，越远越好。"

"潇洒地走。"

……

有些事情，没落到自己身上，远不知到底有多为难。

可是假如，真的有那样一天，叫我遇上了这样的事情，我又会怎么做呢？

我还爱着他，我确定。

不愿意失去他，也确定。

然而可怜的是，我必须要正视的问题，是他心中已经没有我了。

如果我苦苦哀求，威逼利诱，寻死觅活，只求他不要离开我，他真的就不会离开吗？是的，为了孩子，还有过往那些数不清的美好旧时光，他会留下来的。

可即便是留下来了，心中必然会藏着别人的影子。有那样一句话，说得好有道理，又特别讨人厌——“得不到的永远是最好的”。

因为我的原因，他失去了追求新恋情的权利，他会因此心生怨念。而且那个得不到的人，最终会在我的成全下，变成他心中最完美的人。因为活在他的想象中，所以他可以随意将她塑造成自己喜欢的样子。

可实际上，她也许连我的一根脚指头也不如。

我能忍受对这样一个心中藏着别人的伴侣不离不弃吗？

不能的。

我没有赵敏的跋扈，动不动就“我偏要勉强”。

我不勉强。任何事情，我都不会勉强。

觉得开心，就在一起。感觉累了，就放手。

所以，如果他不再爱我了，即便是没有爱上旁的人，我也会让他走，然后微笑祝福。

如果他有了新伴侣，就大大方方地送上一份好的贺礼，同他的新伴侣做朋友——假如他们愿意的话。

不是因为老娘有圣母病，不过是因为，我曾爱过他，也许现在，我还爱着他……

尔后，便是自己的问题了。

客观地看看自己，想想自己哪里做得不够好，所以才叫他将原本是给我的满满爱意，转移到了旁人那里去。

他是我选的爱人，他的性格，他的本质，并不坏。

否定他，等于否定我自己。

我只能审视自己，只有这样，才能寻到自己的错误本源，避免再走更远的岔路。

如果他是个渣，那么请你看看自己，为什么会变成渣男吸收器。

是不是因为太过软弱？

是不是因为做人没有原则？

是不是因为对生活妥协了，所以失去自我？

喏，这些特质，都很吸引渣男的。

如果想遇到好的人，那么，得改。

爱情它是个难题，有些人懂很多关于它的大道理，却依旧过不好这一生，爱不好对的人。

有那么多的人在这件事情上面患得患失，但是不过是失去一个爱人的你，又有什么可懊恼的呢？

失去，又不等于失败。

失去的另一面，是获得。

遇见新的人，爱上新的灵魂，被另一个更好的人捧在手心里，如珍似宝，悉心呵护。

那个时候，你会谢谢他离开你。因为他的不爱，所以才让你遇见了更好的未来。

以上，不过是鄙人的一些小看法。

其实我更想知道，假如你爱的人，不爱你了，你会怎么做？

所以，假如你爱的人，不爱你了，你会撒泼耍浑、满地打滚、抱大腿、撕逼、不准人走，还是假装潇洒地笑着挥挥手，然后回家抱着被子哭湿了十八个枕头呢？

都不好看，还真是很难选啊……

关于爱情这件不可思议的事

黑色施坦威钢琴上，有一双纤细白皙的手在轻快飞舞，自那指尖曼妙舞姿下飘扬出来的，是一支许存异从未听过的曲子。

他凝视着钢琴前的白衣女子，面色越发难看，这音乐……

他不太想继续听下去，果断起身离开。

林佳今天弹奏的曲子有些哀伤，就像一把温柔的利剑，她就是那个微笑的执剑人，在不经意间就挑出了你藏在心底的小秘密。

他来到餐厅一角的阳台上，点燃香烟，狠狠地吸了两口，楼下的大街被夜晚的霓虹映照得五彩斑斓，车来人往都被镀上了一层昏黄的色彩。

他忽然感觉有人在看他，向下望去，街道依旧，并没有什么可疑的人。

是被这音乐搞得神情恍惚了吗？

终于，音乐停止了，他掐灭手中的烟，走进餐厅。

林佳盖好琴盖，大厅里已经响起了名家的钢琴曲。她是一名中学音乐老师，每晚到餐厅来演出两个小时。

“今晚你弹奏的曲子很特别。”许存异递给她一杯咖啡，说，“有些压抑的忧伤，我很难抗拒这支曲子的魔力。”

她接过咖啡，浅笑着说：“前两天我去音乐学院听课，讲师介绍了这支曲子。”

许存异笑道：“林佳你真是勤奋上进。虽已经为人师表，却依然学无止境。每个周末你都会去听吗？”

“是呀，我常去。不过前两天是因为从前的大学同学来讲课，我去捧场。她真是了不起，年纪轻轻就做了教授。”

“人生的际遇是这样的。不过你也不必感到遗憾，虽然年轻的时候因为爱情放弃了一些东西，可现如今过得也不错啊。”

“我可不后悔。人的一生都在不断地抛弃与获得。现在我得到的可不算少。”林佳微微一笑，低头看了看时间，说，“都十一点了，孟昊怎么还不来接我啊？”

“是不是今天轮到他值班啊？”

“不可能吧，他今天休息哎。”

“还是打个电话问问吧。外科医生嘛，总是很忙的。”

林佳拿出电话，还未接通就见孟昊从门外走进来，她笑着挂上电话，迎上前去。

许存异转过身去，看见一个高大英俊的男子，他的手中托着一个摩托车安全帽。

“你来啦。”

“是的，晚了几分钟，对不起。”

“没关系，我还没去换衣服呢，你坐会儿等等我。”林佳将手中的咖啡放到他的手里，说，“替我把它喝完吧。”

“你不喝吗？”

“我已经喝不下了！”

看着孟昊端着咖啡想也没想就往肚子里灌，她开心地向许存异眨眨眼，飞快地跑去更衣室。

许存异知道，她是故意将咖啡留给孟昊的。连一杯咖啡都要与爱人分享的女人，让人不得不感动。他看着浑然不觉的孟昊，羡慕地说：“兄弟，你真幸福！”

孟昊一脸茫然地看着他。许存异笑着拍了拍他的肩，说：“林佳是个好女孩，好好珍惜。”

林佳在许存异的餐厅做了两年的钢琴师。

当初是杨小雨向他推荐，说是上司的朋友，这层关系很复杂。但是，最吸引他的，还是她与孟昊的爱情故事。

“人家可是毕业于高等学府，专修音乐，南京人，背井离乡到少城来，举目无亲的。坦白说啊，这女孩真是傻。当年，林佳不愿嫁给家人安排的豪门公子，执意要与自己青梅竹马的恋人在一起。家里当然是反对的，于是他俩就不管不顾地私奔了。唉，多可惜啊，明明是可以做一个伟大的钢琴演奏家的……”

听别人的故事，却往往会联想到自己。许存异无限可能地假设，假如当初他带着卢婷婷私奔了，现在又会是什么样的情形呢？

不过，卢婷婷会愿意与他私奔吗？

可他当时根本没有想过，更没有这样的胆量。看见别人为了爱情奋不顾身，他对曾经胆小怯懦的自己感到十分羞愧。

“小雨，你那位朋友要是有什么需要，大可找我帮忙，我会尽力帮助她的。”

“好，够爽快。我说，你这里就不需要一台钢琴和一位钢琴师吗？”

他会意地笑笑。

从此，这间餐厅多了一架黑色的施坦威钢琴和一位始终带着幸福微笑的钢琴师。

林佳换好衣服出来了。

她的穿着向来普通，乌黑的长发柔顺地垂在肩上，虽然发质很好，可是从细碎的毛发可以看出，她并没有花心思去打理。

女人打理自己身上的每一处地方都是需要钱的，林佳采用了最省钱的方法，就是顺其自然。

“这个月的薪水。”许存异递给她一个厚厚的红包，说，“从这个月开始，我给你加工资，但希望你往后再弹新曲子的时候，提前告诉我一声。”

林佳捏着那沓钱笑着点点头，挽着孟昊的手臂对他挥挥手：“谢谢老板。”

“嗯。孟昊，你路上小心一点。”

“是，许先生放心。”

坐在孟昊的摩托车上，林佳数了数红包里的钱，说：“这个月许先生多发了一千块的奖金呢，明天我就拿去银行存着吧。”

“林佳，跟着我，让你受委屈了。”

“什么呀，哪有委屈……”

“傻姑娘！”

“好吧，就算我很傻吧，可是你讨厌这样一个傻傻爱着你的傻姑娘吗？”

孟昊充满歉意地叹息。

林佳紧紧揽着他的腰，心满意足地将头倚靠在他宽厚坚实的背上。

她不求荣华富贵，只在乎能有一个温暖的爱人相伴终身。而这个人，多么幸运，她已遇见。

有的女人追逐荣华富贵，有的女人追逐真挚爱情。可男人往往在两者之间，只能给其中一样。

六年前，林佳还是一名大学生，就读于北京的某个音乐学院。

她对生活充满幻想，期待有一天能够成为一名出色的钢琴演奏家，到世界各地进行巡回演出。

同一间宿舍的姐妹里，她与那名从上海来的、名叫卢婷婷的女孩最为亲厚。

卢婷婷虽然与林佳同年，但在学音乐之前，她还曾念过西部某所大学的大一，也不知道为什么后来退学了，才重新考入这所音乐学院。

对于过去的事情卢婷婷似乎颇为忌讳，林佳也没有过多地追问。

她们俩倒是十分谈得来，单纯的生活令她们的未来充满了更多的可能与五彩斑斓。

“你说，爱情是什么呢？”忽然有一天，卢婷婷这么问。

“爱情？”林佳想起了孟昊，从中学时代开始，他们就在一起。

她不由自主地接着笑着说：“爱情，就应该是许多年来的相互依偎，什么也不用说，就能知道彼此内心的那种默契。”

“不，我觉得，爱情不是那样的。”

她转过头去，看着卢婷婷。

“爱情，应该是为他而活，为他的未来、他一切的美好而放弃自己。”

“拜托，你不要犯圣母病了好不好！”

“圣母病？”卢婷婷忍俊不禁，说，“讲讲你和你男朋友之间的故事吧，你们是怎么认识的？”

“我和他是初中同学啦！”

“我是说，你们是怎么在一起的。”

“我们呀……说来话长了。”

十三岁那年，林佳念初中二年级，尽管学习成绩总是普普通通，可对于音乐，她却有一种天生的灵性。每逢音乐课，她总是聚精会神，每当老师提问，也只有她的回答最出彩。

学校里只有一台破旧的钢琴，可是她依然贪婪地看着它发呆。如果她是它的主人，那会是多么令人欣喜若狂的事情！

音乐老师姓孟，他长长的手指总能令钢琴键盘飞扬出美妙的曲子来。她很羡慕他，下课了总是舍不得，于是偷偷地跟着他。小时候，对于偶像的崇拜方式就是这样。是的，孟老师就是她的偶像，她希望长大以后，也能成为他那样的人。

有一天，她如往常那样，悄悄地跟在孟老师的身后走着。

忽然，衣领被人紧紧攥住，她手足无措，被吓得大哭起来。

离她不远的孟老师转过身来，怒喝一声：“孟昊，你在做什么！”

领子上的手松开了。她回过头去，同班的孟昊正瞪着她。他是音乐老师的儿子，在班上是个出了名的顽皮鬼。

心有余悸的她依然抽泣着。

孟老师教训他：“你怎么欺负女孩子！”

孟昊骄傲地昂起头，轻蔑地看了她一眼，说：“我才没有欺负她。爸，你不知道，她都鬼鬼祟祟地跟踪你好几天了。”

孟老师不解地看着林佳：“林佳，你找老师有事吗？”

她低着头，怯怯地说：“孟老师，你钢琴弹得真好……我，我想跟你学琴……”

学校是允许学生参加兴趣小组的。不管是学习舞蹈，还是学习钢琴，只要肯交补习费，就可以参加。

林佳的家庭情况十分困难，每学期能够把学费全部缴齐已经十分不易了，至于额外的补课费，基本就是天方夜谭。

“可以啊，欢迎你来参加兴趣小组。”

她紧张地低着头，搓着身上那件已经洗了很多次、有些发白的外套，不知道怎么回答。

孟昊不可一世地嘲笑道：“她那么穷，哪里有钱参加兴趣小组呀！”

听见他这样说，她的头埋得更低了。眼泪忍不住一串一串像雨滴般不停地往下落。

“林佳，对不起，老师不清楚是这样的情况，别哭了。这样吧，以后放学了，就和孟昊一起回我们家，孟老师教你弹钢琴，好不好？”

“真的吗？”她抬起头来，泪水还在睫毛上挂着，可却欣喜若狂。

“当然是真的啦。但是……你千万别告诉其他人啊。”

“嗯！”

孟老师的家面积很小，两间卧室一个客厅都紧紧地挨在一起。一架大钢琴，就足足占据了大半个客厅的面积。小小的长凳，只够她与孟昊挤在一起，孟老师只好站在一旁，指导他们。

孟妈妈是一个很温柔贤惠的女人，总是做满满一桌的可口饭菜，然后叫她一起吃饭。

在暖洋洋的灯光下，与孟老师一家人围坐在一起吃饭，是她除了学钢琴以外最幸福的事。能够拥有这样温馨美满的家庭，她对孟昊十分羡慕。

她似乎从来没有这样和父母一起吃过饭。父亲长年累月地在外打工，家里总是只有妈妈和她两个人。

为了表示感谢，妈妈时常登门拜访，给孟老师家送来水果或者米粮，但孟妈妈从来不收。又一次，在她们开始了无休止的相互推让时，孟昊从那一篮的苹果中拿出两个，对林妈妈说："我只要这两个苹果。剩下的，我想送给林佳，女孩子要多吃水果才会漂亮。林妈妈，你说好不好？"

孟妈妈趁势说："大姐，您就别客气了，还是听我们家孟昊的吧。"

林佳看得出来，妈妈十分感激，甚至手足无措。她飞快地跳到钢琴前，对母亲说："妈，我给你弹一支曲子好不好？是孟老师教的。"

孟昊站在她的身旁，为她翻开曲谱。

当美妙的琴音充满整个屋子时，她看见孟昊的眼里充满了赞许。她的心底，默默地淌过一丝暖流。

秋去冬来，不知不觉，又一年快要过去。

林佳十分恐惧冬天。她的小衣柜里，总是没有一件足以御寒的衣服。由于练琴，手指头长时间暴露在外面，不知不觉，冒出了许多的小疙瘩，又痒又疼。

"呀！你长冻疮啦！"看着她不断地搓手，孟昊低叫一声，孟老师闻声赶紧拿出冻疮药来。

"林佳，拿回家去，时常擦一擦。弹琴的人可不能长冻疮啊，以后可要多穿一点。"

她接过冻疮药，点点头。可是，爸爸已经两年没有音讯了，妈妈在别人家做工，那点收入维持家计都不够，又哪里有钱给她买更多的衣服呢？

第二天，再来上课的时候，孟昊神秘兮兮地对她说："林佳啊，今天你一定会哭。"

"什么呀？"她很茫然。

听见她的声音，孟妈妈从里屋走了出来，拉着她红肿的小手，心疼地说："林佳，来，孟妈妈有一件礼物送给你。"

孟妈妈的手里，拿着一件漂亮的红色小棉袄，是当下最流行的款式。

"穿着这件衣服，小手就不会冻伤了。"

"孟妈妈……"她已经哽咽得说不出话来了。

孟老师在一旁说："林佳乖啊，别哭，孟妈妈这是疼你，穿上吧。"

一旁的孟昊扬扬得意地说："被我猜中了吧！"

林佳破涕为笑。

十三岁那年冬天，孟昊走进她的生命，从此冬天不再寒冷。

念高中一年级的时候，她那失踪多年的父亲回来了。

抛妻弃女地在外打拼多年，终究是有成就的。回乡以后，他办了一家不大不小的企业，在小镇里，总算扬眉吐气。

她也不再是无人问津的丑小鸭。

开始有男生给她写情书，约她看电影，请她吃饭，送她礼物。

开始有一二三四、许许多多的"闺中密友"，她们对她言听计从，十分崇拜。

对于别人突如其来的示好，她很恐慌。明明昨天还像是陌路人，忽然今天就熟络得好像亲的姐妹兄弟。

她不懂，问孟昊。

孟昊吊儿郎当地说："如今在他们心中，你就是公主。"

"从前不是吗？"

"你觉得从前你是吗？"

"我觉得我从来都不是！"

"好吧，那就什么也不要想，坚持自我，从前什么样子，现在就是什么样子。别人怎么做你不要理会，喜欢和什么样的人在一起，就和什么样的人在一起。谁是朋友，谁不是，我相信你能分辨的。"

她看着他，似乎明白了。

但是……

"那我在你心里，是不是公主呢？"

孟昊抬头，愣在那里。

她忐忑不安地看着他。

他笑了，宠溺地揉了揉她的头发："当然是。从前，现在，将来，都是！"

她心满意足地笑了。

只要有他在身边，每一天都是晴天。

那天晚上，父亲带着她和母亲一起拜访孟老师。

父亲将一个信封放在孟老师手里，说："孟老师，谢谢你们这么多年一直教导林佳，我们家没什么好感谢的，这是一点小意思，当作这些年的学费吧。"

"不不不，林先生，我想你是误会了。我教林佳弹钢琴，完全是因为她的天赋，并不是为了钱。"

“是是是，我当然知道，可这也是我们的一点心意，你要是不收下，我们心里怎么过意得去呢？”

“我真的不能收，谢谢你们……”

“收下吧，收下吧。”

“林先生，你的心意我们心领了，但这钱，我们真的不能收！”孟老师慈祥地看着林佳，微微一笑，“我们对林佳啊，就像对自己孩子一般充满期望。这孩子很有天赋，我相信，假以时日，必能成大器。要不这样，水果我们收下了，至于钱，你们还是收回去，将来给林佳上音乐学院的时候做学费吧，学音乐，可是要花大钱的。”

见孟老师那样坚决，林佳父母只好不再坚持，

“往后，你要是去北京念大学，我也去！”孟昊对她说，“将来，你做一名优秀的钢琴演奏家，我做一名出色的外科大夫！”

“好啊！”她甜甜地一笑，这算不算是两个人之间的小约定？小秘密？

高中毕业，他们果然一同考入北京的大学。他念医科，她学音乐。

虽然同在一个城市，可是两人的学校却相隔很远，唯有周末才能够见上一面。但这样，已经足够。

那天是个周末，她和孟昊相约出游。

临走之前，她拿着小镜子左右端详自己。

“妆够不够精致？”

“现在穿的这件衣服好看呢，还是刚才试过的那件好看？”

“喂，婷婷，孟昊那么高，你说我是穿高跟鞋呢，还是穿平底鞋？高跟鞋倒是蛮显气质，可是平底鞋好走路啊……”

“你说我要不要擦新买的那支蔷薇色的口红？”

“不知道为什么我的眼角总是出油，眼线老是画不好，你说要是眼角出油花了妆可怎么办啊……”

“不晓得用散粉定妆效果会不会好一点……婷婷你试过吗？”

卢婷婷终于忍无可忍，怒了：“我的大小姐，拜托你，外面天寒地冻的，再这样磨蹭下去，你的那位青梅竹马可就要活活给冻死了！”

她慌忙放下镜子，整理了下衣服，准备出门。

“我说，今晚要是不回宿舍，记得给我打个电话啊。”

她回头嗔怪地瞪了卢婷婷一眼，说：“都不知道你在说什么，我怎么可能夜不归宿啊，我又不喜欢他。”

“咦，我又没说你喜欢他，看你不打自招了吧！”

“哈，卢婷婷，你就是个女流氓，看我怎么收拾你！”

“别，回来随便你怎么弄，先去约会吧，孟昊等着呢。”

是，她承认，她是真的好喜欢孟昊。

离开了父母，她才敢大胆地承认，她爱他。

她会好好把握这个机会的。

孟昊专程到学校里来接她，下楼来一见到他，还来不及说话，他却率先说了：“大冬天，怎么也不戴顶帽子？”

“我……戴帽子会弄乱发型好不好……”

“感冒了看你怎么办。”

他真是一个不解风情的男人。

逛街，看电影，吃甜点。

这过程，就像小情人的约会。

他们谁也没有对谁说过“我爱你”，但那一晚，竟然谁也没回宿舍去。

在一起，顺理成章。

顺利得全无道理可言。

可是她知道，她爱他，他也爱她。

陷入爱情中的人们，总是盲目地认为世间的一切都很美好，就算六月飞雪，山崩地裂，于他们而言，也是再美妙不过的自然风光。

林佳阳光明媚地过着每一天，无论多么悲伤的贝多芬，在她的指尖下，都会变成莫名其妙的欢快乐章。

她以为，他们的爱情会顺理成章拥有美好结局，从此往后，王子与公主会幸福快乐地生活在一起。

但他们忽略了一个十分重要的人物——她的父亲。那个曾经抛妻弃女在外打拼的农民工，如今已经成为远近闻名的企业家。

在她与孟昊相恋的第三年，大学即将毕业。

他们都满怀憧憬地畅想着未来，林佳甚至已经决定，毕业就结婚，她不会参加工作，就留在家里，为孟昊生儿育女，安安静静地过相夫教子的、小女人的甜蜜生活。

是，她就是一个小女人，只要拥有足够的安全感，便再无别的野心。所谓梦想，不过是拥有一个温馨的小家——就像多年前，在孟家留下吃的第一餐晚饭那样，一盏昏黄的小灯，满桌可口的家常菜，和蔼的父母，聪敏的小孩。

这，就是她的梦想。

而梦想，对于每个人来讲，永远都在布满荆棘的彼岸。

于纯真的林佳而言，更是如此。

那是个大雪飘零的冬日，她接到父亲的电话。

“女儿你在干吗呢？”

“没干吗，和同学一起呢。爸爸你呢，最近好吗？”

她以为是家长的例行电话，没想到父亲却说：“爸爸在北京，刚下飞机。”

“啊？你到北京来做什么？”

“生意上的事情。”

“哦……我妈妈呢？”

“她还在南京，没一起过来。晚上你出来和爸爸一起吃晚餐吧，爸爸介绍几个好朋友给你认识，往后也能有个照应。”

“好的。我叫上孟昊一起好不好？”

“叫他干吗？爸爸谈生意的时候，还是不要有外人的好，要请他吃饭，可以改天啊。”

“那我带上一个好朋友行不行？”

“男的女的？”

“女的。吃完饭我和她可以一起回宿舍。”

“行，我们家大小姐怎么决定都行。”

“谢谢爸爸。”

挂了电话，她兴奋地对卢婷婷说：“姐们儿，快换衣服，晚上和我一起出去吃大餐。”

“又是你们家小白马约你呀？我可不去，你俩实在是太可恶了，每次约会都叫上我，总是故意刺激我这没人肯要的女人。”卢婷婷躺在床上看书，故意捏着嗓子说。

“少来，明明是你不肯接受别人的追求好不好。大家都怀疑你是不是喜欢女人呢，只有我坚信你不是。但我还是有一个疑问的，你要老实回答我，是不是曾为情伤，所以才封闭自己，不肯接受旁人来爱你？”

“行了行了，什么跟什么啊，别说得跟写小说似的，你以为自己是女性问题专家啊！我的大小姐，你就当我喜欢的是女人好了，我最爱的就是你，每天觊觎的也是你！只有你！”

“滚滚滚，少来。说正经的，跟我一同去赴约吧，我爸到北京来了，我都跟他说好了要带你一起去的。”

卢婷婷的脸上有一闪而过的落寞，她毫不掩饰自己的羡慕说：“你真幸福，爸爸对你那么好。”

“你也很幸福好不好！”她将卢婷婷从头到脚看了一遍，说，“家人什么都给你最好的。”

“除了物质以外，还有什么？”卢婷婷轻轻地叹息，然后走向衣柜，开始找衣服。

林佳知道，卢婷婷最忌讳的话题，一是爱情，二是家庭。

尽管是十分要好的朋友，可她对卢婷婷的家庭却知之甚少，只见过卢婷婷的父亲一次。当时在她父亲身边，跟着一个很年轻漂亮的女人，她没多问，但明白那绝对不可能是婷婷的母亲。

后来，卢婷婷即使是寒暑假，也极少回家。要么找工作打发时间，要么就在学校里。对于未来，她很少去考虑，总之，毕业以后，她是要出国的。

卢婷婷的前途是光明的，可林佳总觉得她很孤单，孤单到似乎全世界只剩下她一个人。

有的人，看似很富有，其实除了钱，她什么也没有；而有的人，看似贫穷，可是除了钱，他什么都有。

她觉得，前者是孤单的卢婷婷，后者是快乐的孟昊。

到了约定的餐厅后，林佳才发现父亲还请了别的朋友。

“林佳，这位是杜伯伯，以及杜伯伯的公子，翰平！”

起初她以为只是普通的生意伙伴，但上洗手间的时候，卢婷婷却神秘地说：“我觉得，这是你爸给你安排的相亲宴，你要是不想和孟昊分手，一定要小心点应付！”

“啊？不会吧！”

卢婷婷对着镜子整理了下自己的头发，漫不经心地说：“等着瞧吧！”

吃过饭，林佳和卢婷婷准备回学校，杜翰平自告奋勇地要送她们。

林佳忙不迭地摇手摇头表示：“不用不用，我和婷婷可以自己打车回去。”

“不行，太远了，还是让翰平送送你们吧！”父亲十分热络地说，看来，他对杜翰平十分满意。

“是呀！两个女孩子，还是有个护花使者，我们做老人的才放心。”

于是，无人理会林佳的不悦与不满，杜翰平已经将车开到了她的跟前。

“上车吧。”卢婷婷笑着努努嘴。

上车之后，她还听见杜伯伯说：“林佳啊，你在北京没什么亲人，往后要是有什么需要就尽管跟杜伯伯讲，跟翰平讲也是一样的，年轻人嘛，可以多多来往来往！”

她笑着点头感谢，慌忙地摇上车窗。

她们都坐在后座，谁也不喜欢杜翰平身旁的位置。

杜翰平静静地开着车，什么也没说。

“谢谢你送我们！”卢婷婷说。

“不客气，原本就是应该的！”

“这是鸿门宴吧？”她试探地问。

杜翰平笑了，后视镜映出他的笑脸，成熟且迷人。

“你们认为呢？”

“你是来相亲的吧！”卢婷婷语不惊人死不休。

“对啊，你怎么知道！”

林佳无奈地叹了一口气，瘫在车座上傻眼了。

“可是我们林佳有男朋友了。”

“我也有女朋友啊！”

“那你还来？”

“应酬啊！老爷子开口，不来怎么行，身不由己啊！”他瞟了一眼后面的林佳，笑了，“别这样，没人逼你嫁给我，况且，我也不一定想娶你！”

林佳将头撇向一边去，一点也不想跟这开车的“师傅”讲话！

卢婷婷笑着说：“你放心好了，就算地球上只剩你一个男人，她也绝对不会嫁给你！”

杜翰平闻言失笑。

他与卢婷婷唇齿交锋，明枪暗箭，一路斗嘴到了学校。下车之后，卢婷婷还是很礼貌地对他说：“谢谢！”

“不客气！”他递给她们一人一张名片，说，“往后有需要我帮忙的时候，尽管打这个电话，我一定竭尽所能！”

林佳看着他的车绝尘而去，感觉此人真是莫名其妙。

卢婷婷倒有不同的看法，她收起名片，若有所思地说：“林佳，你应该对他客气一点，有一天，你也许会需要他的帮忙！”

她不太明白卢婷婷的意思。

卢婷婷却不再解释，只是笑了笑，就快步往宿舍走去。

刚进门，电话就响了起来。

“让我猜猜……孟昊？杜翰平？还是……爸爸？我觉得，应该是爸爸前来询问相亲感受了！”婷婷故弄玄虚地看着她。

林佳翻了翻白眼，从包里拿出手机，果然是父亲的电话号码。

她接通电话。

“林佳，到啦？”

“是的，刚到！”

“翰平已经走了？”

“是的，刚走！”

“翰平这孩子不错吧？今天约你们见面，就是希望你们能够相互了解下！”

父亲的意思明确了，林佳无奈地给了一旁的卢婷婷一个“被你说中了”的眼神。卢婷婷写了一张字条，上面写着：勇敢一点，告诉他孟昊的存在！

她点点头，鼓起勇气说：“爸爸，我不喜欢杜翰平，我已经有男朋友了！”

电话那边沉吟了片刻，问：“是孟昊吗？”

“是的。”可是，他怎么知道？她从来没有告诉过父母啊。

“林佳啊，爸爸是不同意你和孟昊来往的，做朋友可以，做夫妻不行。孟昊家太平凡了，父母都是普通教师，往后，孟昊也不过就是一个外科大夫，不会很有钱的。”

“爸爸，我不喜欢你这样讲话。”她反驳道，“你把感情放在金钱的基础上来衡量，对孟昊不公平。他很优秀，对我也很好，不能因为他的家庭，你就否定他。”

“是，请你原谅爸爸，我不是那个意思。好吧，就说说翰平吧，除了认识你比孟昊晚一点，他哪一点不比孟昊强呢？留学归国，又是企业家二代，爸爸觉得，你要是能和翰平结婚，一定比与孟昊在一起幸福。并且，对于爸爸的事业也是一个很大的帮助！”

“我明白了。”林佳感觉心底被幽幽的寒意紧紧包围，她冷冷道，“爸爸，你是要将我卖给杜家吗？”

“你这孩子，在说什么话！”

“人家杜翰平有女朋友的！”

“女朋友算什么东西？哪个男人没有三五个红颜知己啊！太太这个位置属于你就行了！”

“爸爸，我不想和你说话！我讨厌你！”她愤怒地挂上电话，狠狠地拔下手机电池。

卢婷婷为她端来一杯水，递给她自己的手机，说：“给孟昊打个电话吧！”

她慌忙拨通孟昊的电话，可那一头，却一直是占线的忙音。她忽然有一种不祥的预感，宛如陡然掉进了无底深渊的惶恐。

“完了，爸爸一定打电话给孟昊了！”

卢婷婷却漫不经心地说：“正好啊，这是个好时机，你的男人是否值得你爱，就看现在了！”

此时此刻，林佳第一次感觉到，时间是如此难挨。仿佛过了一万年，卢婷婷的电话铃声响起，她将电话递到林佳跟前。

“孟昊？”她轻声喊，心底却是愁肠百转，战战兢兢。

天晓得父亲会跟他讲些什么。

“林佳，林伯伯给我打电话了！”

“唔……”

“他反对我们来往！”

“唔……”

“我很想知道你的想法！”

“孟昊，我不知道应该怎么办，但是我知道，如果离开你……生活，就毫无意义。”

“好，我知道了。林佳，我们一起努力争取他们的认可吧，假使他们始终不同意，我们就一起离开这里，也离开南京，离开他们所有人的视线！”

“你们如果坚持在一起，可能会过得比较辛苦……”卢婷婷的表情十分淡漠，仿若看透一切，“如果没有必死的决心，又有哪一对情侣能够突破父母的反对呢？”

她的话，果然很有预见性。

后来的日子，很痛苦。

林家父亲不仅反对他们来往，甚至已经决定要在林佳毕业之后就将她嫁给别人，这，还是林妈妈告诉他们的。

林妈妈虽然不反对他们在一起，但却畏惧丈夫的威严。

而孟家父母，也渐渐开始表示反对。

也许是出于自尊心，也许是觉得这样，即使最后两家结为亲家，也不会有多么和睦的关系。

林佳与孟昊，再也没有别的选择……

孟昊决定带林佳私奔。

林佳觉得好幸福，有这么一个男人愿意为她奋不顾身，带她私奔，奔往未知的前途、未知的世界。

私奔，是多么浪漫的词语，这样的生活只会出现在电视里、小说里，没想到有那么一天，会发生在自己的身上。

她被这个词语感动得一塌糊涂。

“去少城吧！”卢婷婷神情恍惚地说，“在那里，重新开始，继续相爱，永远相爱。”

很讽刺的是，到机场送机的人竟然是卢婷婷与杜翰平。杜翰平甚至给他们送了一笔丰厚的生活费，为了维护男人的尊严，他将钱放在孟昊的手里，一本正经地说：“孟少，你别推辞，这钱，将来是要还的，里面还有卢小姐很大的一笔投资，用来投资你们的幸福，你们要努力经营，往后，不要令我们觉得这投资太不划算，我们可都是生意人。”

原本尴尬的气氛，被杜翰平的一句话所化解，大家欢笑着离别。

六年，时间总是在不知不觉中流淌过去。林佳做了中学音乐老师，孟昊做了一名外科大夫。两人的薪水不算低，但对于一无所有的他们来说，最迫切的梦想，莫过于拥有一间属于自己的房子。

生活，因此十分清苦。

孟昊有一次问林佳：“你有没有后悔过和我在一起呢？”

“你的问题好奇怪！难道你有后悔过?”

“嗯……”

“啊？”

“后悔自己无法给你带来富足的生活却还要带你走……”

她看着他，久久不能言语，但终于还是开口：“若有一次重来的机会，你是否愿意放弃所有，同我一起奔向未知，只为我们的爱情……”

孟昊愣住，面上的表情十分复杂。

林佳说："不管你是否愿意，总之我是愿意的。"

他的眼中腾起一阵氤氲，将她拥入怀里："傻姑娘……"

"我从没后悔和你在一起，对于这段感情，唯一觉得不妥的，是愧对父母……"

接下来，便是长久的沉默。

有些选择，回不了头的。

起初，林佳还能从杜翰平与卢婷婷那里得知父母的情况，到了后来，两人分别出国，电话号码也换掉了，从此往后，再无联络。

实在没能想到，时隔六年，林佳会在"The One"遇见杜翰平。他坐在离她钢琴不远的地方，与人低语。

她担心灯光太暗，怕认错了人，于是在弹罢一曲间隙休息的时候，故意经过他的跟前。

当她到达吧台时，身后传来一个迟疑的声音："林佳？是你吗？"

她转过身，微微一笑："杜翰平！"

是的，是杜翰平。

"果然是你，刚才我就看见你了，可又不太敢确定！这么多年没见，你和孟昊还好吗？"

"我们还好，你呢？对了。你到少城来做什么呢？"

"公司有一点事情，需要亲自过来谈一谈。"

顺着他的目光看去，在不远处，他的朋友依旧在亲密交谈。

她忙对杜翰平说："那你先忙你的吧，等我下班以后，一起聊聊好吗？孟昊一会儿就过来接我。哎，你的名片给我一张好吗？"

与旧友重逢的喜悦，令她激动得有些语无伦次。

杜翰平歉意地抽出自己的名片，双手呈上："不好意思，多年前因为诸多原因换了电话号码，未能及时通知。"

"对了，婷婷也到少城来了，你们也该见见面！"

林佳听闻婷婷的下落，低声欢呼道："真的吗？她回国了吗？"

"是的。她很了不起，年纪轻轻的便做了教授。这次也是受邀于这边的音乐学院，过来讲课的。"

"好厉害……"

她捂着嘴，听到好朋友能够有这样的成就，她是高兴的，高兴得连眼角也是涩涩的。

藏好眼角的泪，她回到钢琴前，轻轻地按下了下一支曲子。

如果当初不与孟昊私奔，现在她又会是什么样的情形呢？

出国是不可能的，爸妈怎么可能把自己送到那么遥远的地方去呢！嫁人倒是极有可能！嫁给一个有钱有势的男人，说不定现在孩子也有几个了。至于她所擅长的钢琴，或许在企业聚会上可以弹奏一曲，为婆家增添荣耀；也或者，那双纤细的手，已经不知道怎么按键了，只知道每天邀上三姑六婆玩麻将……

不管会是什么样的情形，一定都没有现在她这样好。

白天可以在学校教书育人，晚上又有人来欣赏她所弹奏的曲子，回到家里，还可以照顾自己心爱的男人，同时也被他疼爱着，她觉得这样的人生已经足够精彩了。

即便这过程当中，也有不愉快的插曲，但她那么爱他，当然也可以包容。

只是不知道，做了教授的卢婷婷，她的人生是否也很精彩。

第二天，她和孟昊约了杜翰平，同时也见到了卢婷婷。

原本是想约在“The One”见面的，可是卢婷婷一听名字便拒绝了，于是他们只好选择了另外一家咖啡厅。

六年没见，卢婷婷的变化实在太大。那种知性美人的气场，吸引了不少人的侧目。杜翰平在她身边，嘘寒问暖，十分殷勤，看来，他们关系匪浅。

林佳看着他们，不太敢确定地问：“你们两个……是不是，是不是在一起了？”

卢婷婷看了杜翰平一眼，抿嘴笑笑，没有肯定也没有否认。

倒是杜翰平，自嘲地笑着说：“这可是我梦寐以求的事情啊！林佳，你真是火眼金睛，这都被你看穿了！可是我们的卢小姐，始终只是把我放在‘好朋友’的位置，甚至啊，为了别人家的安定团结，不惜让我来陪她演戏！”

“演戏？”

惊觉自己讲得太多，杜翰平讪讪一笑，转移话题。

“孟昊，你和林佳结婚了吗？”

孟昊点点头，说：“结了有五年了吧。不过我实在惭愧，都这么多年了，还是没能给她一个安乐窝！”

“喂，出租房也是房子好吗！”林佳嗔怪地瞪了他一眼，然后鼓励地与他十指相扣。

卢婷婷说：“真羡慕你们，这么多年还这么腻歪！”

“虽然如此，不过现在想想，当初确实我们也是蛮自私的！”

“六年了！”孟昊叹息道，“不知道爸妈他们有没有原谅我们？”

“其实，老人也在想，你们是否已经原谅了他们！”卢婷婷从皮包里拿出一张卡片，上面是几个电话号码。

“这是你们家里的电话号码，始终没有改变过。旧城改造拆迁，孟伯父和拆迁单位还发生了冲突，他们做钉子户的原因是怕搬家了以后你们回去找不到他们。后来，也是林伯伯出面，开发商才决定原址赔付，这件事情才算罢休。他们都不知道你们去了哪里，而我和翰平也是刚回国不久，虽然知道你们在少城，可是把握并不太大。这次有机会过来，没想到这么有缘分，竟然偶然相遇，大概也是老天注定。林佳，孟昊，既然你们这么坚定地要在一起，就一定要永远珍惜对方，永葆这段爱情的真挚，才不辜负你们曾经付出的一切。现在，父母也认可了你们，那么……”她微笑着看他们，“回家吧！”

林佳和孟昊都很沉默。

他们都为这一段感情付出了太多，也伤害了最爱他们的人。

可是，这段爱情真的是没有瑕疵的吗？

孟昊的脸上有一些惶恐。

林佳的脸上有些黯然。

“别想太多了。”卢婷婷将手放在林佳的手背上，轻声说，“周末到学院来听我的课吧，你在别人的餐厅里打工，总需要一些新曲子的，到时候，我给你一些新的曲子，蛮不错的哦！”

她点点头，看了一眼孟昊。他有一瞬间的恍惚，但很快回神迎向她的注视，再回以一个温暖的笑容。

周末，林佳如约去听了卢婷婷的课。

卢婷婷的演奏是那样娴熟而深情，似乎她指下的每一个键都是充满生命的，那支《I miss you》竟然演奏到满场皆泪，掌声经久不息。她给了婷婷一个赞许的笑容。

虽然，婷婷不是天生就被认定适合做一个钢琴演奏家的，可是她拥有一个绝对可以做演奏家的条件；而林佳，尽管她被认定是天才，却因为生命的追求不同，而不得不驶入另一条航道。

没有谁不幸福。至少，她们都各自觉得。

学完琴后，林佳未经过老板的允许，便擅自改变了原定的曲目。果然，她看见了许存异脸上显而易见的感伤。

有故事的人才会在有共鸣的音乐里潸然泪下，不是吗?

她深信，许存异的过往，一定不同寻常。

那些自以为是的为爱痴狂，其实是令人害怕的

你要知道，这个世界上还有数不清的巍峨壮丽的高山，等着你去翻越；还有看不尽的暗涌不断的蔚蓝深海，期待你的乘风破浪。

一个轻贱、轻慢你的恋人，委实算不得什么。

我收到一封私信，大意是爱人另觅新欢，她感到生无可恋，水米未进已三天。

所以这么做，目的是什么？

想死吗？

惩罚自己没能留住恋人的心？

还是想要做出个可怜兮兮的样子，叫周遭的人同情落泪？

抑或是你以为这样他会心生怜悯，回头是岸？

喂，别傻了！他的心都不在你这里了，你演给谁看！

恋爱婚姻，不过豪赌一场，没有绝对的胜局。

愿赌服输，此处不留爷自有留爷处，赐他一个潇洒的背影，爱谁

谁去！

能叫你水米未进的原因只有一个——吃得太撑了，得消食。

至于那些个哭天抢地、寻死觅活的为爱痴狂，真真不要去做了，太蠢了啊。

每每看到一些爱而不得就自残、自伤、自杀的新闻，我都是捏紧了拳头，痛心疾首。

你是有多么狼心狗肺，才会为了一个不爱自己的人而去伤害至亲至爱的人？

你的人生该有多么无趣，才会将一个轻贱自己的人看得比生命还重要？

我想不出任何同情的言语，对他人作践自己的行为感到匪夷所思。

有个深陷情海的朋友，整日里在朋友圈情绪翻滚，波澜壮阔。

我说你能不能消停一会儿，全世界的人都晓得你们两个又不好了。

她觉得自己此举敢爱敢恨，特别痴情。还跟我说，爱一个人就是全力以赴、完全投入，他就是我，我就是他，他如果不爱我，我就不能活。

我只好冷漠脸："那你去死啊！"

她大惊失色："你怎么能这样！不是应该伸手痛喊英雄留步的吗？"

我呵呵："英雄留步只配英雄，对那种吃个醋失个恋就要去死的懦夫，我就算是喊破喉咙也没有用啊。"

她悻悻然，后来果然收敛了许多。

当然，也有可能是将我分组隔离了。摊手。

性情率真的人，总归是讨人喜欢的。

但倘若是将“没有分寸”错当成了“率真”，就得叫人犯尴尬症了。

敢爱敢恨，确实是性情率真的表现之一。

然而自以为感动的为爱痴狂，却不能称之为敢爱敢恨。

你爱一个人爱得很，然而却未能收到预期回应，是不是特别抓狂，很没面子啊？

这个人真是不知好歹，他以为他是谁，老娘这么喜欢他，他竟然不把老娘放在眼里。

战斗欲瞬起。

这之后所做的一切，都不是出自你本意。你不过是太过于爱自己，见不得自己受一点挫折委屈。

你要争回这一局。

累不累啊！

换位想一想，倘若是个你不喜欢的哥们儿整日里在你家楼下摆蜡烛跳大神，你觉得讨厌不讨厌？有没有很想泼开水？

有的呀！是我就会啊，拉开窗户咆哮：“你给老娘滚啊，有多远滚多远啊！”

敢爱敢恨的真实意义，在于你我心意相通，你在我面前，我全心全意地爱着你。倘若爱去人走，我挥手欢送，不怨不憎，一笑泯恩仇。

从前我也是不太懂得这个道理的，如今年纪大了，才算明白。

岁月真是个好东西，许多曾经觉得深不可测的问题，如今却是浅显易懂。曾经以为天下无解的难题，也能游刃有余。

所以，此时摆在你面前难以跨越的障碍，千万不要以为这就是绝境。爬过去，绕过去，回头远离它，怎样都行，它绝不会是你人生的终点。

你要知道，这个世界上还有数不清的巍峨壮丽的高山，等着你去翻越；还有看不尽的暗涌不断的蔚蓝深海，期待你的乘风破浪。

一个轻贱、轻慢你的恋人，委实算不得什么。

假如，因此觉得身心受创，从此沮丧。

也不要紧啊朋友。

有那么一首诗，可以为你指明方向。

舒婷老师的《致橡树》，是三观最正的爱情诗，也是我的最爱。

假如你不知道什么是爱情，不懂得如何去爱人，不妨反反复复地多读它几遍。

我如果爱你——

绝不像攀缘的凌霄花，

借你的高枝炫耀自己；

我如果爱你——

绝不学痴情的鸟儿，

为绿荫重复单调的歌曲；

也不止像泉源，

常年送来清凉的慰藉；

也不止像险峰，

增加你的高度，衬托你的威仪。

甚至日光，

甚至春雨。

不，这些都还不够！

我必须是你近旁的一株木棉，

作为树的形象和你站在一起。

根，紧握在地下；

叶，相触在云里。

每一阵风过，

我们都会互相致意，

但没有人，

听懂我们的言语。

你有你的铜枝铁干，

像刀，像剑，也像戟；

我有我红硕的花朵，

像沉重的叹息，

又像英勇的火炬。

我们分担寒潮、风雷、霹雳；

我们共享雾霭、流岚、虹霓。

仿佛永远分离，

却又终身相依。

这才是伟大的爱情，

坚贞就在这里：

爱——

不仅爱你伟岸的身躯，

也爱你坚持的位置，

足下的土地。

和旗鼓相当的恋人携手并进。你不将他看作是你人生的全部，也不因为他患得患失，精神崩溃，失去自我。他自然也不会因此感觉负累，将你视为人生的包袱，怠慢看轻你。

你们的人生各有精彩，相映生辉。

这，才是真正的为爱痴狂啊。

你可曾在无数的夜里，为思念而哭泣

每个人的心里都有一方城，不动声色地住着一个，遥不可及的人。

这间名叫“The One”的西式餐厅，素来慵懒静谧，每至午后时分，阳光穿透金色薄纱落进窗内，更是晕出满室温馨暖意。

爵士乐静静流淌，质地考究的餐桌和沙发陈列其中，阵形看似颇有深意。

也有零星几客，匿于沙发角落，品着甜点低声细语。

一架黑色施坦威钢琴，风度翩翩地立于吧台前方，遗憾的是，它的钢琴师还未到上班时间。

此刻，是餐厅音乐师司职之际。

昨日，这位先生有幸淘到一张StephaneGrappelli与Oscar Peterson的合作专辑，今天一来，便迫不及待地与大家分享。

正播放着的这一支《My Oneand Only Love》应是他特别喜欢的，已不厌其烦地重播多次。古典音乐出身的小提琴家StephaneGrappelli与现代爵士钢琴教父Oscar Peterson的完美组合，所以曲调如此深情，如此迷人，令人有被浓浓爱意紧紧包围之感，全身血液因为震撼而鼎沸奔腾。

如此美好的气氛，可临窗而立的那个男人，却是眉头轻蹙。

他是这间餐厅的老板，许存异。

“The One”起名的初衷，据说是缘于许存异的作家朋友萧小姐，她的某本书里有这样一句话，大致是说：每个人的心中都有一方城，不露声色地住着一个，遥不可及的人。

许存异深以为然。

他心中，自然也是有着这样一个人的。

为这个人，他愿静默，隐忍，观望。

而这个人，却早已湮没于时光之中，少有人愿在他跟前提起。

这时光的开始，是在十一年前。

那时候，还只是一名普通工人的许存异，尽管前途不明，经济拮据，身边却有着一众好友，譬如同事李一心，同学杨小晴、宋波等等。

还有一个新继母带来的拖油瓶，成天冲他哥哥前哥哥后喊个不停。这个拖油瓶属性女，名字极其凡人，叫卢婷婷，比他小个两岁，还在念书。

他住工厂宿舍，不常在家，因此给旁人的感觉是对这位妹妹十分疏离。

那天下班后，他回宿舍换衣服，远远便见门口候着两位佳人，其中一位刚看见他的身影，便挥手大喊：“哎，许存异，你可回来了，我们都等大半个小时了！”

他听见了，却依旧缓步前行。

同行的工友见状，捶了他一拳，笑得极其暧昧：“你小子行啊，左拥右抱，艳福不浅哪！”

另一个则幽幽地问：“肾还好吗兄弟？”

许存异瞪了他们一眼，笑着低声说：“快给老子滚！”

李一心常到宿舍来找他，她的心思，他不是不知道，但他对她确实没有感觉。所以她的造访，并不令人振奋。

他刚一走近，李一心就迎上前来，挽着他的手臂嗔怪道：“都看见我们了，怎么还走得那么慢呢？”

他不着痕迹地将手臂挪开，对另一个女孩说：“你怎么来了？”

那女孩抬眼看看他，又低下头，怯怯地说：“一心让我陪她过来，她说……”

他不耐烦地打断她的话：“行了行了！”

她似乎觉得歉疚，手足无措地捏着手指头。

李一心忽略掉两个人之间微妙的表情变化，喜滋滋地说：“许存异，今天我生日，难得卢阿姨同意婷婷和我们一道吃饭，这不，我们是特地来接你的！”

想也没想，他一口回绝：“我没空。”

他绕过她们，进了宿舍，随手将外套脱了扔在床旁。

李一心忙将那衣服捡了起来，又挂到衣架上，嘴里还数落着：“怎么到处乱扔呢？桌上这么脏……哇靠，你这衣服比桌子还脏……”

“脏吗？老子天天这样穿。”

李一心白了他一眼，却不生气。

卢婷婷站在门口，看着他们不发一语。

"你们走吧，大爷困了，要睡觉。"

说着他便躺到床上去，似乎又觉得不太舒服，便从一旁工友的床上抽了个枕头垫在脖子下面。

宿舍里气氛有点僵，李一心和卢婷婷都站着没动。

许存异索性拍了拍身侧的空位，对她俩说："不走？那过来陪大爷睡。"

卢婷婷的小脸唰地红了个透，李一心则顺起一旁挂着的毛巾向他扔去，嘴里笑着说："王八蛋，臭流氓，你到底去不去啊？宋波和杨小晴他们都要去的，人家今天二十一岁……"

"嗯，高寿。"他落井下石说，"转眼就三十了。"

李一心正要同他斗嘴，他却截了话头接着说："可我还是不想去。你们好好玩儿，生日快乐啊！"

李一心沮丧地看着他。她以为拖上卢婷婷，许存异就会赴这个约，却未料到他是如此油盐不进。

"嘀嘀嘀嘀嘀……"清脆的电话铃声打破了这满室的低气压。被许存异随手放在床头的诺基亚7250，屏幕上正闪烁着绿莹莹的光。

他接通电话。

"宋波？说。"

"今儿一心生日，出来，哥儿几个聚一聚。"

许存异没有说话，看了李一心一眼。

她为了约他，倒是费了不少心思。

"行。"他挂了电话。

李一心听他应了要去，脸上即时漾开一朵灿烂的笑颜，欣喜万分地说："你答应去了？太好了，约你一下可真是不容易啊。"

许存异面无表情地看了她一眼，又看向门口的卢婷婷。

她看着他，脸上露出一个浅浅的笑容，又低头轻轻踢了踢脚下的小石头，什么话也没说。

他换了衣服出门，经过她时，她在他耳畔轻声说："我妈说，今晚吃过饭，你送我回家，晚上也住家里。"

他应了一声，快步走到她们的前面去。

他不太受得了卢婷婷的声音，太软糯，太温柔。

李一心家距离许存异上班的地方还是有些距离。再加上李一心开车的技术很一般，明明半个小时可以到的路程，却足足开了一个小时。

许存异索性歪在后排座上睡了一觉。

到达目的地时，刚好遇见宋波与杨小晴，李一心忙前去迎接，顺便对卢婷婷说："叫你哥起来。"

卢婷婷转身开了后车门，轻唤了两声哥哥，许存异依旧睡得很沉，她便又伸手拍了拍他的手臂，不料小手却被他一把抓住，险些跌到他身上去。

许存异原本还在做梦，被惊醒后才看清楚自己拖着卢婷婷的手，他愕然地看着她，四目相接时，心下又是一慌，眼睛无处可去，便往她脸以下看去，这一看，顿时满面绯红。

他甩开她的手，将头扭向一旁，哑声道："别靠那么近！"

卢婷婷对于他的反应不明就里，老实答道："喊了你好几声都没醒。"

许存异抓了抓头发，一言不发地开了身旁的车门，临下车时，又忍不住扭头对她说："以后别穿低领的衣服。"

说完，他便下了车，并用力摔上车门。

卢婷婷低头一看，才发现自己刚才的姿势，以许存异的视角……忙不迭用手护住了胸口，面上一热。

尽管李一心家里特别有钱，但她确实是个蛮土的人。

譬如这个生日宴，在许存异看来，明明可以出去吃个火锅，再唱个K、吹个生日蜡烛什么的，省心又省力，可她却非要在家里过，还满屋子都挂上亮闪闪却很廉价的纸花，又吹了五颜六色的气球贴在墙上，乍一看，虽然也很喜庆，但却挺滑稽。

许存异进屋后，指了指正对面的墙壁，对李一心说："这里差点东西。"

李一心愣了下，看了半晌，认真地问："差什么呢？"

"差个红双喜！"

李一心白了他一眼，随他们一道的杨小晴扑哧一声笑了出来，宋波也打趣道："成，我这就去给你们买红双喜来贴上，存异你看是要多少张？房间里的玻璃肯定是要贴的，这正门也不错，哎小晴，咱们是不是还得帮他们再买个红蜡烛什么的？"

"TMD！"许存异低咒一声，倒也没恼，笑着坐到沙发上。

卢婷婷将洗好的水果放到他的跟前。

他看着她，脸上的笑容逐渐收敛，似乎有话想说，但身畔的沙发忽然被压得凹了下去。

不用问，他也知道来者是谁，他忙侧身，将双手挡在胸前，充满戒备地说："喂，你矜持一点，别成天想着打我的主意，我告诉你，没结果的，好好生活吧你！"

一句话，又逗得哄堂大笑，李一心更是笑得扑到了他的怀里去。

他用眼角的余光，看见卢婷婷转身去了厨房。

那一晚的聚会是尽兴的，尽管他对李一心没有意思，但她毕竟是他的朋友，既然到了她的生日宴，无论如何也要给她一些面子。

更何况在李一心那点小心思还没被他看出来的时候，她对他而言，曾是最好的异性朋友，她知道他与卢婷婷之间所有的过去。

为了避免她泄露出去，他不得不对她客气一点。

时间已至深夜，除了许存异，似乎所有人都喝醉了。

他也是不能再喝了。

李一心黏着他，歪在他怀里睡着了。他将李一心放进宋波怀里，可怜的宋波原本歪在沙发上呼呼大睡，杨小晴拿他的手臂当枕头，正看着电视，不料许存异又给他加了一个负担。宋波惊醒，许存异示意他和杨小晴不要出声，他轻手轻脚地来到一旁的沙发旁，卢婷婷抱着靠枕，似睡非睡的半闭着眼睛，秀气的鼻子里呼出浓浓的酒味。

他拉着她的手，在她耳边轻声问："婷婷，你觉得怎么样？"

"嗯……"她迷迷糊糊地应了声。

他将她从沙发上捞起来，抱进怀里。她的身体柔软得像是一个面团。

"我们回家吧！"

一年前的这一天，许存异在李一心的生日聚会上认识了卢婷婷。根据李一心的介绍，卢婷婷是她的同班同学，也是关系最铁的闺蜜。

也就是说，卢婷婷是许存异的学妹。

当时的许存异，大学尚未毕业，弹贝斯玩摇滚，对感情尚未开窍。在他眼里，像杨小晴李一心这些从小玩儿到大的女孩子，除了生理上与他有些区别以外，并无其他特别之处。

卢婷婷的出现，却令他心里忽然一下有了异样。

她安静，温柔，亭亭玉立。

只是淡淡一笑，就在他心中生根发芽，绽放出绚丽的花。

他喜欢她，一见钟情，当即就表白了。

她笑了笑，没有拒绝。

后来的那几个月时间，是他至今回忆起来，最美好的时光。

看电影，吃饭，周末出游，唱歌给她听……所有情侣之间最甜蜜的事，他与她都一一尝试，生活就像加了糖，每一秒都洋溢着清甜与幸福。

他对她许诺，等她大学毕业就结婚，永远在一起。

她是爱他的，于是欣然应允。

多好的一对。

是的，他是正确的，他与她注定永远在一起。

半年前的某一天，他拿了毕业证回家，开门之际，发了短信给卢婷婷，说下午去接她，明天带她回来给父亲认识。

未曾料到却在家里见到了她。

对于他的出现，卢婷婷似乎已经过了震惊期，想来刚才已在家中的照片墙上，见到了他的样子。

“存异，我来给你介绍一下，这是我太太，卢老师。嗯……这位是卢老师的女儿婷婷，从今往后，大家就是一家人了。”

父亲的话令他所有的疑问都有了答案。

这感觉不太好受，犹如当头棒喝，他整个人蒙在门口。

被称为卢老师的那一位，仿佛是老年版的卢婷婷，温柔娴雅，慈眉善目，正笑吟吟地看着他。

在政府做事的父亲，用这样的方式来宣告自己再婚，他是可以理解的。

自从十年前母亲过世，父亲为他的学业考虑，拒绝了所有再婚的可能，如今他大学毕业，父亲公布自己再婚的消息，想来也是藏了很久。

他没有说话。

气氛有些尴尬，卢老师忙主动跟他说："存异你好。"

他依旧没有说话。

父亲轻声咳了咳。

卢老师拉了女儿一把，笑着说："婷婷，快叫哥哥。"

卢婷婷低着头，轻声唤道："哥哥……"

他立即转身出去，重重摔门。

卢老师是中学老师，早年离异，独自一人带着女儿。四个月以前，经人介绍认识了许存异的父亲，两人相见恨晚，早在一个月以前就领了结婚证，但碍于许存异大学未毕业，一直没有公开。

许存异从未想过"愿天下有情人终成兄妹"这样滑稽的事情会落到自己的头上来。

但他与卢婷婷之间的关系，也只能是这样了。

她说，卢老师为她吃了太多苦，如今能遇上许存异父亲这样好的男人，她希望母亲能过得安稳幸福。

她是要成全母亲，不愿关系变得更加复杂。

李一心自然知道他们两人的关系，但自从卢婷婷与许存异的关系变得尴尬以后，她便明确表示，看上许存异了。

起初许存异以为李一心是开玩笑，并且很有义气地在为他与卢婷婷打掩护。

直到某一天，卢婷婷发短信给他，说如果李一心能做她的嫂子，也是很不错的。

他才知道，原来在卢婷婷的心里，他不是男朋友，而是馈赠品，可以转赠他人。

许存异很失望，有些自暴自弃，索性去了父亲朋友的工厂做事，并搬到了工厂宿舍。

他的举动，在卢老师看来，是不肯接受她这个继母，于是她与许存异之间的关系，也变得有些紧张起来。

许存异的父亲有些为难，但也不勉强自己的孩子。

在旁人看来，许存异对这个家的疏离，是显而易见的。

只有卢婷婷知道，许存异是为了躲开她。为了配合他的躲避，她也尽量与他保持距离。

可尽管如此，却依然旧情难忘，即使是一个眼神，也能在有情人之间，勾起天雷地火。

他们对每一次蓄意的、非蓄意的见面，总是充满抗拒，却又无法抗拒。

许存异觉得，这样的关系维持下去，没有任何意义。

他决定放弃。

那一晚，许存异夜班，十二点下班回去，发现李一心站在门口等他。

深秋的夜晚很凉，她双手抱肩，鼻子冻得通红。

“你神经病啊，大半夜的跑来找我干吗？要跟我睡吗？”

李一心难得地羞涩，低着头，不说话。

他忽然也有些尴尬起来。

其实从这个角度来看，李一心是个很不错的女孩子，长得挺好，身材也不差，若不是长期以来与她的关系就像哥们儿，他应该会喜欢上她的。

“许……许存异。”她怯怯地喊。

“说！”

“好冷哦……”

“谁让你穿那么少！”

他说完，一把将她推进屋里。

她的双手顺势揽在他结实的腰上，贴近他时，他的气息瞬间垄断她的呼吸。

秋夜，万籁俱寂，只余街灯，孜孜不倦。

街灯下，那间简陋的小屋里，偶有窃窃私语。

“许存异，我很早就喜欢你了，一直等你跟我告白来着……后来你跟婷婷在一起了，我才明白，原来不主动真的就会失去喜欢的人，主动一点，至少还有一半的机会可以得到……”

“……”

“婷婷说，如果我们在一起，她会祝福我们的……”

有片刻的沉默，接着是一声冷笑。

那是许存异的声音。

小屋的灯光熄灭了。

事情到了这个地步，许存异已别无选择。

他把李一心带回家，当着卢婷婷的面跟二老介绍，说是自己的女朋友。

那一瞬间，他从卢婷婷的眼中看到了一闪而过的痛。

很好，他就是要她痛。

但见到她心痛，他的心却似乎更痛……

在他与李一心确立关系两个月以后，卢婷婷休学去了上海，据说是她的亲生父亲身体抱恙，需要她的照顾。

卢老师曾抱怨说，明明可以请假去的，为什么非要休学？

许存异自然知道这是为什么。

她不辞而别，后来，也再没有回来过。

他也辞了工作，做起了生意。

从开婚庆公司到做酒吧餐厅，又或是做贸易公司，样样都尝试。

由于没有经验，所以总是一次又一次地失败。

所幸李一心家里有钱，对他又是百依百顺，无论他做任何事，她都财力、人力倾力支持。

在旁人看来，李一心对这段感情，真是付出太多。

四年后，许存异的配偶栏上，写上了李一心的名字。

他结婚那天，收到了卢婷婷的祝福短信。

内容只有四个字：愿你幸福。

他按下快速回复：你也是。

是的，都结束了。

那些匪夷所思的事，那么不可理喻的话，都是因为无聊的爱情啊

可是理智的人，根本很难遇见疯狂的爱情。

而拥有疯狂爱情的人，却终将会失去。

这是一种令人无可奈何的循环。

所以我们常常会发现，曾经深爱的这个人，似乎有些不那么爱了。

曾经深爱着自己的这个人，也出现了疲惫倦怠。

再提及那山崩地裂般疯狂爱过的从前时，至多是个怅然若失，唏嘘不已。

在被八十年代出生的人引为经典的电影《大话西游》当中，有一首歌至今听来，仍会令人潸然泪下，前奏刚刚响起，就会有人脱口而出：一生所爱。

有两句歌词，我觉得特别有意思——

鲜花虽会凋谢（只愿）

但会再开（为你）

坦白讲，在十多年前，我是不大听得懂这首歌的，并且觉得卢冠廷的声音太过特别，非我所爱。

可现如今却是十分欣赏，喜爱得很，并深刻地认为，大约也只有这样特别的声线，才能唱出爱情的无奈与苦痛。

你若也认真来听，定然能感受得到，真是句句伤情，字字诛心。

年少的时候，初识爱情，总是心存幻想，憧憬着两人甜蜜的未来时光，以为所谓真爱永远，就是携手终老。

因着纯真质朴，但凡获取真心，均是百般呵护，唯恐失去，索性将自己低到尘埃里。

所谓自尊，所谓矜持，所谓理智，全部消失殆尽。

我想和你说说话。

我想和你在一起。

我要看到你。

我要你。

爱你。

你失去了骄傲的自我。

做了些不太理智的事情。

可是理智的人，根本很难遇见疯狂的爱情。

而拥有疯狂爱情的人，却终将会失去。

这是一种令人无可奈何的循环。

所以我们常常会发现，曾经深爱的这个人，似乎有些不那么爱了。

曾经深爱着自己的这个人，也出现了疲惫倦怠。

再提及那山崩地裂般疯狂爱过的从前时，至多是个怅然若失，唏嘘不已。

岁月长河静静流淌，时异事殊也已然习惯。

受过了几段情伤，或有刻骨铭心，或有刺骨之痛，亦有怊怊惕惕，倒枕捶床，万般无奈。

刻骨铭心者，固守内心，终究很难再爱上他人。

刺骨之痛者，对爱情嗤之以鼻，将山盟海誓视为绚丽一时的谎言。

怊怊惕惕者，精心呵护，举步维艰。

这时哪里还记得年少的真爱梦想，至于所信仰过的永远，其实到底有多远，终究是个未解之谜。

甚至将爱情视为禁区，缄默不语。

人生一世，情缘当然不止一个。

即便是你竖起高墙堡垒，该来的，还是会来，避无可避。

分不清是劫是缘，但要知道爱有多甜，恨就有多苦。

你爱上了某个人，在当时以为这就是一生所爱，满心欢喜，可待到爱散去，情消逝，再将过去的千般万般好，统统抹杀殆尽。

等你跳出了某一段神伤不已的感情，站在旁观者的位置去看时，就能找到爱情变化的因由何在。

最终不得不承认，那些匪夷所思的事，那些不可理喻的话，都是因为无聊的爱情啊。

这时候再说那情歌，听来有多讽刺。

哪里还有什么，一生所爱。

人终其一生，最爱的人，始终是自己。

关于爱的拥有与抛弃，也都不过是为了讨自己的欢喜。

那一天那一刻，你出现在我生命里

被爱辜负的那些年

酒色红得像她心里滴的血，喝到嘴里，有淡淡的水果清香，滑过喉际，才会感觉到舌尖辣辣的，就像她与他的爱情，或者不应该叫爱情，他迷恋的，不过是与她身体的一时欢愉。她总觉得，偷情与喝酒的感觉是相同的。一开始，有些紧张，然后回味甜蜜，再往后，却是惊恐慌张，没有安全感，心里总是窝着一团熊熊燃烧的烈火。

粉色窗帘，白色窗棂，迎风而开的水仙花。

明明知道在房间里养水仙很危险，会中毒，可她还是不可救药地迷上了它，恨不得每天一睁眼就可以看见它。阳光从窗外照进来，她将这白色的小精灵略微往外挪了挪。俗话说，人离开阳光会生病，花离开阳光就会死，她深知这个道理。

洁白的花瓣在阳光的照耀下几近透明，她微微低下身子，眯着眼睛仰望那花瓣背后的世界。

她很惬意地享受着午后的这一点点悠闲。

电话铃声急促地响了起来，梳妆台上，一枚小巧的粉红色手机一面唱着歌，一面振动着。

她接通电话。

“喂，您好!”

“方雅君你神经病啊，搞得跟电信客服似的！”

“你打电话过来，就是为了要戏弄我？”

“哪敢啊！借我十万个熊心豹子胆，也不敢戏弄大小姐您呀！”

“就会耍嘴皮子！”

“你干吗呢？”

“没干吗呀，养花啊……”

“哎哟我的姐姐喂，你能别这么矫情吗！快拾掇拾掇自己，一会儿我来接你啊！”

“接我干吗？”

“出去玩啊，许亦凡马上就到我家楼下了！”

“拜托，你有没有搞错啊。你们小两口约会，干吗总要叫上我啊！”方雅君忍不住翻白眼。

杨小雨这朵奇葩，千辛万苦总算和暗恋已久的许亦凡做了情侣，却一点也不懂珍惜。总爱去夜店约会不说，每次还要拉上闺蜜方雅君。其实方雅君一点也不想跟着去，而且像酒吧、KTV这些龙蛇混杂的地方，平心而论，她是一点也不喜欢。约会嘛，就应该找个温馨浪漫的地方，要多安静就有多安静，最好是无人打扰，这样的氛围才叫浪漫。

可惜，她还没有资格选择约会的地点，最佳男主角……甚至不完全属于她。

“反正你也单着嘛，待在家里干吗？发霉长蘑菇啊？不出来玩，怎么可能有机会遇见真命天子呢！”

小雨讲的都是道理，方雅君轻轻叹了一口气，淡淡地说：“那好吧，一会儿见啊！”

挂了电话，雅君从衣柜里挑出一件白色的连身长裙。她一直只穿“Alice”的衣服，尤其钟爱白色，所以衣柜里除了这个品牌，几乎找不到其他类型的衣服。其实“Alice”也不是什么了不起的品牌，衣服的材质都以蕾丝为主，而且，还是廉价蕾丝。少城当地一个有头脑的淘货公司，在韩国聚集了一批有炒作潜质的衣服，于是淘货大集合，再用洋人的名字注册个品牌，口碑传播，广告效应，立即麻雀变凤凰。

但凡见过世面的人，一眼就能看出这个品牌的衣服简直就是地摊货。可她偏偏爱上了这样的“地摊货”。仅仅因为听见他说很喜欢女孩子穿白色的、丝质的衣服，感觉很柔顺，很妥帖，像“Alice”这个牌子，就很适合女孩子。

于是，她竟然发疯地认为从前的自己毫无品位，穿的衣服都是垃圾，都是桌布。然后，又发神经地拿着一年的积蓄跑去市中心，将Alice专卖店里的白色系列一并买下，虽然她明白，就算她每天都换一套衣服出现在他跟前，他也不会将目光多停留一秒。

女人的品位，因为男人的品位而改变，这无疑是人生中莫大的悲哀。

将裙摆上的白色丝带系成一个漂亮的蝴蝶结，为双唇涂上淡淡的荧光唇彩，然后，一个薄施脂粉、细致典雅的小个子女人出现在梳妆镜里。

对着镜中的人甜甜一笑，拿过搁置在梳妆台边的粉色小坤包，穿上粉色小拖鞋，她轻轻地扣上房门。

从杨小雨家到方雅君住的地方，其实并不远。但杨小雨却极少上楼来，只在附近的广场等她。广场上有许多雕花藤椅，花纹很独特，也很漂亮。杨小雨是个好奇宝宝，特别喜欢研究独特的东西，如果不是因为这些美妙的花纹，想必她是没有耐心在偌大的广场上闲溜达的。而她与许亦凡，也是结缘于此地。

说起来，杨小雨与许亦凡的缘分颇为深远，他们自小就认识，杨小雨的姐姐和许亦凡的堂哥还是同学，所以他们小时候有不少机会可以在一起玩。但那时候，杨小雨与许亦凡都觉得对方微不可见，高中毕业后，更是天各一方地念了大学，早已将对方抛于九霄云外，若非是机缘巧合，也不会在方雅君家附近的大厦相遇，就更不要讲这后来的缘分了。

许亦凡正好就在附近的大厦里工作，是一名建筑设计师。杨小雨看上他，据说是因为他身上有一种说不出来的成熟稳健与男子气概。

不过在方雅君眼里，除了长得高又帅以外，她并不觉得许亦凡的性格有什么与众不同，更是看不到一星半点儿的成熟稳重。

杨小雨为此辩解说："那是因为你不晓得从前的他是多么讨人厌，如果你见过的话，就晓得现在的他是多么讨人喜欢了。"

方雅君闻言一笑，不再与她争辩，即便是她早就知道身为好色之徒的杨小雨，是色欲熏心了才看上的许亦凡，她也不准备再揭穿了。

不然，还怎么继续做闺蜜。

七月的傍晚七点，天色还很明亮，空气很压抑，每吸一口，心里都有说不出的烦躁。这一路漫步过来，到广场的时候，已是满身躁汗了。

杨小雨果然站在那里，身边还有一个人——美男许亦凡，他向她招手致意。

方雅君只好加快脚步。

“不好意思，让你们久等了。”

“没事儿，习惯了！”杨小雨说的倒是事实。

“从前你可不是这样讲的，哪一次不碎碎念我半个小时才肯罢休啊！”方雅君嗔怪地瞪了她一眼，然后对许亦凡说，“还好有你在，把杨小雨这个小泼妇活活变成淑女了。所以说嘛，爱情就是人生的魔法，可以让人变得善良又宽容，还可以让无聊又漫长的等待缩短成一瞬间。”

许亦凡笑了笑，不置可否。

杨小雨却开心得不行，笑得就像刚从糖罐里捞出来一样，揽着男朋友的手臂，亲昵地说：“亦凡啊，算起来，其实雅君是我们的媒人哎！”

“嗯，好像是！”

“什么好像是啊，根本就是好不好！”

“喂喂，别，别这样说！”方雅君忙不迭地摆手，像是要甩开一块烫手山芋，她正经严肃地说，“你们俩千万不要把我和那两个字扯在一起啊，这太冒险了。”

“怎么冒险啦？有谢媒钱拿还不乐意呀！”

“我求您，这谢媒钱给谁都行，千万别给我。你没听说过吗？一般人不要去做媒，做成功了一对，还必须要在三年内搞定三对，否则就要倒霉三年！这代价太大了，跟做限时题一样，我不干！再说了，往后你们婚姻生活不幸福，吵架打架不愉快，还得埋怨是我做的媒，我可不想讨这么多的麻烦！”

“有没有搞错，你竟然还要搞封建迷信……”

“宁可信其有，不可信其无！”方雅君眨眨眼，看向许亦凡，说，“走吧，干吗还站得稳如泰山！”

许亦凡看了看表，歉意地说：“再稍等一下，还有一个朋友！”

正说着，一辆车停在街边，车窗后看见一张斯文的脸。

许亦凡对那人点点头，便将雅君和小雨推到后座。

“我大堂哥许曜，他跟二堂哥许存异一样，是开餐厅的。只不过大哥开的是中餐厅，又是个川菜厨子，会做很多菜，可不像我二堂哥那个绣花枕头，光会管不会做。喏，大哥，这位是小雨的高中同学，方雅君，是名护士。”

许曜友好地回头一笑：“方小姐真漂亮！”

“许先生过奖了。许先生一点也不像是从商的，倒像是一位风度翩翩、温文儒雅的学者呢。”

“方小姐真会讲话！”

“我也不过只是实话实说。”

杨小雨听不下去了，终于忍不住插嘴：“我说，既然你们俩这么投缘，不如凑对好了！正好大哥失恋了，雅君也没男朋友！”

“说什么呢！”雅君有些尴尬地瞪了她一眼。杨小雨自从和许亦凡有情人终成眷属之后，想要与方雅君做妯娌的愿望越发强烈。许亦凡家的兄弟比较多，又多是从商的，开餐厅的除了今天见到的这位许先生，还有一位名叫许存异，她曾去他的餐厅用过餐。好在那一位早已结婚，杨小雨才没有多费心思。

“我不也是为了你们好嘛！万一你俩就看对眼了呢！”

许曜笑了起来：“谢谢小雨啊，放心吧，大哥心里有数！”

这话说得，好像方雅君已成了他的囊中物。有感情经验的男人大抵都会如此自信，仿佛一切都在他的预料之中，只要他想要，就唾手可得。

方雅君有些不乐意，却没有反驳。

原本就想好了，到了这里绝不喝酒。可是一看见那可以麻痹痛苦的液体，她就全然忘记了。酒色红得像她心里滴的血，喝到嘴里，有淡淡的水果清香，滑过喉际，才会感觉到舌尖辣辣的，就像她与他的爱情，或者不应该叫爱情，他迷恋的，不过是与她身体的一时欢愉。她总觉得，偷情与喝酒的感觉是相同的。一开始，有些紧张，然后回味甜蜜，再往后，却是惊恐慌张，没有安全感，心里总是窝着一团熊熊燃烧的烈火。

小雨和许亦凡早就不知道哪里混去了，雅君眯着眼找寻了许久，也分辨不出他们在什么位置。

她也记不清自己究竟喝了多少酒，每干一杯，许曜就会接着满上。

“失恋了？”她笑问。

眼前这个男人闻言，斟酒的手一顿。

“嗯，被人残忍地抛弃了！”他看着她，脸上露出淡淡的微笑，“她走的时候，没说任何理由，只是单纯地想分手。”

“你们在一起多久了？”

“四年吧。”

“这么久了，说分开就分开吗？是不是你们两个人之间有什么误会？”

“不知道，也不想知道了！”他冷冷一笑，“其实，我觉得，相聚与别离原本就是爱情的本质，追究下去又有什么意义呢？难道非要找到那把‘匕首’，然后再狠狠地剥开刚刚愈合的伤口，这样才算完？”

方雅君咬咬唇，笑着说：“可是我觉得……她应该更伤心吧！”

“什么意思？”

“四年哪，女人的青春那么短暂，又有多少个四年可以蹉跎呢？”她拿起杯子端详着里面如血的酒，“喏，男人呢，就像是酒，搁得越久越值钱；可是女人呢，就像窗外的杨柳鲜花，从萌萌发芽到迎风悠扬，最后枯枝满地，不过是朝夕之间。所以为什么现在只有剩女恨嫁，没有剩男恨嫁呢，就是这个原因啊！我猜，从前她一定跟你提过许多次结婚的要求吧！”

他不说话，只是喝酒。因为雅君，讲到了问题的最关键。

“为什么不肯结婚呢？”她继续问。这一刻，她倒觉得自己成了知心姐姐，眼前这个儒雅的男子，急需解开心结。

“忙事业呗！希望将来可以给她一个优越的生活环境，不想她嫁给我以后吃苦受累……”

方雅君苦苦地笑了：“男人的青春给了事业，女人的青春给了男人。”

“哈哈，你不要跟个神婆一样说话行吗少女？”

她哑然失笑。

他们将杯中酒一饮而尽。

方雅君看着他，忽然很想被人抱一抱，她伸出手，微笑着说："给我抱一抱，好不好？"

她知道她的拥抱不会被拒绝，没有男人会拒绝投怀送抱的女人。

夜店的音乐与酒容易让人意乱情迷。

所以，当方雅君醒来的时候，发现自己什么也没穿地躺在许曜怀里时，她一点也不意外。醉酒容易乱性，在喝酒之前，她就预想到了这个结果。

反倒是许曜，醒来之后感觉十分抱歉："对不起，昨晚喝多了！"

她淡淡一笑，枕着他的手臂，像是议论一件十分寻常的事情："昨晚，大家不都很愉快吗！"

她只是想找个人给一点温暖，虽然是盛夏，却仍然感觉到冷。她没有人可以依靠，没有安全感可言。这个暂时给她安全感与体温的男人，某个女人为他付出四年青春的同时，她也为另一个男人苦苦挣扎了四年。

小雨是她最好的朋友，却不知道她与那个男人之间的故事。

"能跟我讲一讲那个人的事吗？"许曜小心地问，这个时刻，他对她充满了怜惜与好奇。

她淡淡道："都不属于我，还聊他干吗呢？"

他点头，倒也有道理。都已是过去式，再次拿出来讲给别人听，也毫无意义了。

再次上班的时候，她在电梯里遇见了王戎。

"好几天没给我打电话了，在忙什么呢？"他的语气像是在责怪贪玩的妻子。

她看了他一眼，漠然一笑："你问我？不是说好了不过问彼此的私生活吗？对了，最近你女朋友店里生意怎样？上新款了吗？"

王戎不再说话。每当她一提到他的女朋友，他均无言以对。

她充满挑衅地看着他，也未说话。

她有多蠢她自己知道。那个什么所谓的Alice，就是王戎的女朋友同别人一起创办的，王戎之所以不遗余力地在科室向护士们宣传，也不过是想帮女朋友的店做做宣传。

可她为了讨他欢心，竟然拿钱去捧情敌的场。恐怕再没有比她更蠢的女人了。

现在，她觉得累了，也蠢够了。

电梯停了，她昂着头率先走出电梯。

同科室的医生孟昊与护士初雪微走进电梯，她微笑着向他们打了招呼，如寻常那样步入科室。

这是王戎要求的。四年前，还只是新晋护士的她与他在值班室发生了不可告人的第一次，他对她说："你看，我们在同一个科室里工作，要是被人知道了，免不了要说三道四。所以暂时不要公开好不好？"

她有些犹豫。

"我是担心这样会影响到你的工作，毕竟你是新人。"他深情地看着她，似乎一切都是为了她好。

她居然相信他！而且还为他的顾虑感动不已。

现在想来，不过是偷腥的猫害怕自己身上沾了腥味。

四年前，方雅君一拿到护士执照，便到这家医院上班，认识的第一个人便是他，王戎。

她刚在护理部报到完毕，根据指示到新科室报到。

在电梯里，她与他相遇。

是他主动打的招呼："新护士？哪个科室的？"

她抬起头，眼前这个男子，穿着雪白的医师服，玉树临风，英伟挺拔。她不敢正视他的眼睛，往下看去，就看见那枚职务牌，激动不已："啊，就是你们科室啊！"

他闻言一笑，露出整齐洁白的牙。

因为入院认识的第一个人是他，所以后来，她对他总是有着莫名其妙的依赖感。

王戎有一副宽厚的肩膀，笑起来的时候像阳光一样让她感觉温暖。刚毕业不久的她，工作起来总是差错不断，每次晨会交接班，护士长总能找到缘由责怪她，他就会帮忙为她说一两句好话，所以私下，她会偶尔约他吃个饭表示感谢，可付钱的时候，他总是抢先把账结了。

她表示抗议，说是她要请客。

他笑着说："我是男人，怎么能让女人付钱？你要跟我抢，不就是侮辱我嘛！"

"直男癌！"

"大爷我就是！"他吊儿郎当地昂起头，"怎么地吧！"

她捂着嘴笑了。

半年不到，她与科室里所有同事都相处得非常融洽，不再是大错不犯小错不断。她很感激他一直都在帮助她，无论是工作上还是同事之间的人际关系，若是没有他，她恐怕很难适应医院激烈的内部斗争。渐渐地，她感觉与他的关系亲密暧昧起来，对他也越加依赖，每天都盼着能见到他。

但他的态度，似乎只当她是个关系要好的朋友而已。

有次夜班当值，正巧是她与他。半夜收治病人，她去值班室叫他，却一不小心跌进他怀里。他顺势搂着她，嘴里低呼："哎哟小心！"

她仍然被他搂在怀里，那个怀抱好让人迷恋，她不愿挣脱，宁愿时间就此停留。

他看着她，四目相接的那一刹，他低下头深深地吻了她。

他们之间一直明朗的朋友关系从此破碎，几天以后，顺理成章地同榻而眠。方雅君遵守他们的约定，不让任何人知道她与王戎之间的关系。

这种隐瞒所有人去相爱的甜蜜令她快要疯掉。她为他们的感情可以升级成为亲密的男女朋友关系而幸福，她以为总有一天，他肯带着她到朋友跟前，告诉他们，她是他的女朋友。总会有那么一天的，她坚信不疑。

可是，事情总会有出人意料的发展。

一个云淡风轻的下午，她换好衣服，准备下班回家。

护士站飘来一个长发飞扬的高个子女人，妆容精致，气质娴静，端端一站，宛如女神。她找王戎。

方雅君正好经过，有些困惑："您是？"

"我是他的女朋友，哎我忘了带手机，能麻烦您帮我打个电话给他吗？"

方雅君的腿顿时像是踩在了棉花里，仿佛浑身的力量在一瞬间被抽吸干净。她怔怔地看着眼前这个女人，不知道接下来该怎么办。

眼前那漂亮的女人对于她的反应十分不解，但脸上很快重现灿烂的笑容，她盯着方雅君护士服里面的衣领说："你很喜欢Alice的衣服吗？"

她真的很漂亮，举手投足都令人无法抗拒。面对如此强大的气场，方雅君有些透不过气来。

到护士站拿东西的孟昊顿住脚，笑着对那女人说："于茜，雅君可是你们家的超级VIP，怎么样，王戎的宣传工作还算到位吧！"

那名叫于茜的女子笑着点点头。

"谁找我？"王戎从病房走过来，脸上原本挂着笑，但一见着来人，那笑容便僵在脸上。他不敢去看于茜身旁的方雅君，用了两秒的时间他恢复情绪，轻声问，"你怎么来了？"

"不是约好了一起吃饭的吗？我手机忘带了，所以就直接过来找你了。怎么，你好像很不欢迎我？"

"哪有，主要是担心你开车技术太差……"

方雅君站在他们身边像个傻子一样，她转身就走，不想再接着待下去。

未曾料到于茜却拉住她。

她抬头看她。

这一刻她觉得很耻辱，她没有这个叫于茜的女人个子高，站在她跟前，自己好像是个霍比特人。

"雅君是吗？不如一起吃个饭吧，谢谢你对我们家衣服的厚爱。"

方雅君冷笑一声，甩开她的手，极不友好地说："我还有事。"

她快步离开，像是落荒而逃。

她真可悲，是在什么时候变成第三者的呢？她做了全天下最愚蠢的女人，刚才还在喜滋滋地憧憬未来，现在却被残忍地告知，前途已是末路。

那天晚上，他打来电话，语气很平缓，像是从未发生过任何事：“我知道有家新开张的餐厅不错，要不要去尝尝？”

她冷冷一笑，拨弄着水仙花瓣，问：“不用陪女朋友吗？”

“她加班！”

“这样啊……所以，每当她不在你身边的时候，我都是那个最佳替补，替你打发掉所有的无聊时间，对吗？”

“雅君，我希望你能听我解释！”

“还有什么可说的呢？我觉得自己很蠢，很可笑，就像一个小丑！”方雅君再也无法控制情绪，挂掉电话，眼泪便已汹涌而出。

门铃声响起，她抽噎着站起身，一面应道“来了”，一面擦掉眼泪。

一开门，就被眼前的鲜花所淹没。

那么多的郁金香，那么多那么多的郁金香……

王戎站在花束后，只是几个小时不见，他却像憔悴了许多岁。

“她和我在一起很久了，在你之前。”

“然后呢？”

“我要对她负责。”

“那我呢！谁来对我负责！”

他像个做错事情的小孩，低着头不敢看她。

“对不起……”

“我不要听对不起。”

“如果有一天，她能主动离开我。只要她提出来，我会和她分手。”

“你是要我耐心地、乖乖地、默默地在一旁等待着她让位，是吗？”

“不，当然不会，我只希望你能原谅我……”

“你告诉我，你还爱她吗？”

“爱，就像亲兄妹那样的爱。”

她早已无法分辨他的眉目，但这一刻，她看他却比任何时候都要清楚。

“这样的话你也讲得出……我真佩服你！爱情能够变成亲情吗？恋人能够变成兄妹吗？”

“能。”他的语气很平静，又像是饱经沧桑，“也许许多年以后，你也会发现，其实你并不是如想象中的那样爱我，我在你眼里，也不过是个兄长、亲人，仅此而已。但那份感觉却是无法割舍的，就好像是嵌在骨头里的肉，舍与留，都会痛。”

方雅君在心里告诉自己无数次，他是个骗子，他是个骗子。

可是最后，竟然还是原谅了他。

她恨自己没出息，居然相信了他的话——他会和于茜分手，只要于茜先提出来。

他这番话，竟然让她觉得，他是一个有情有义的男人。恋爱中的女人没大脑，一点也没错，方雅君觉得，那个时候的自己，完全就像个白痴。她相信王戎讲的每一句话，每一句，哪怕是谎言，也会当作是最珍贵的承诺。

但是，她又恨他，恨他为什么一开始没有告诉她，他有女朋友！可在知道真相以后，却又无法割舍。

人与畜生最大的区别在于，人有感情。可在许多个痛苦的时刻，方雅君宁愿自己是个没有情感的动物，随随便便地开始，再洒洒脱脱地结束。

她下了无数次要离开王戎的决心，可又无数次被王戎的温柔所击溃。

这样暧昧的关系，分分合合，吵吵闹闹，已有四年。

王戎依旧没有与女朋友分手。

方雅君依旧见不得天日。

她终于开始清醒，终于开始怀疑。关于感情的问题，女人特别傻，很多时候总是相信自己的直觉，活在梦境里，不会理性思考，最后，唯有时间才能够告诉她真相是什么！可是青春，却已渐行渐远。

王戎有情有义吗？方雅君冷静下来时，会仔细思考他的每一句话。

“除非你找到更好的男人，否则我一定不会在你之前结婚的！”

为什么他要讲这样的话，而不是说“我会娶你，早晚有一天”。

假如王戎这样讲，她距离梦醒时分，恐怕会更遥远。

“难道一定要做恋人吗？有一种情感你有没有听说过，有一点点爱情，有一点点友情，有一点点亲情。我们做这样的关系好不好？”

她当即否定：“这种珍贵的情感，应是在情人之下、朋友之上的，不应该有肉体关系！我们不配你知道吗？也许你不爱我，但是我爱你，你只是我的情人，我也只是你的情人，仅此而已！”

她付出了最珍贵的情感，却换来了“情人”二字，如果这段感情曝光，她将是人人唾弃的“狐狸精”。可是，只有她知道，她多么不值得，多么不值得！她甚至从未听过那三个字，这个她爱得死去活来的男人，竟然从未对她讲过“我爱你”！

她越来越清醒，越来越明白。

她知道，无论等到什么时候，他终究不会告诉所有的人，她是他的恋人；她也知道，无论是四年，还是四十年，他都不会抛弃女友，与她结婚。因为，他根本不爱她！

了解真相的时刻，往往是心灰意冷，万念俱灰。

可也绝对是重生的时刻。

所以，失去，等于获得，一点也没有错。

与许曜发生一夜情，她是有预谋的。这个男人看起来很斯文，很有礼貌，不像是个登徒浪子。况且，又是许亦凡的兄长，不管怎么样，也不会随随便便地对待她。

她相信，只要两人有了第一次，就必然会有未来。未来，其实都掌握在自己手里，只要她肯动一点心机。

许曜的坦诚令她始料未及。激情过后，他老老实实地躺在她的身边，规矩得仿佛方才的热烈都只是一场梦。他道歉，诚恳地说：“对不起，我真是太不理智了。看来那个谁说的，男人都是用下半身思考的动物，一点也没错！”

她不解：“哪有男人这样诋毁自己的……”

他枕着手臂，淡淡地说：“男人其实比较不理性……说难听一点，遇见喜欢的女人，他随时都会有想要的冲动，无论那个女人该不该碰，只要有机会，他定然不过放过……所以千万不要以为男人喜欢和你睡，就真的是爱你……爱情这东西，对男人来说，可能不是最重要的。”

他倒是十分坦诚，方雅君即便觉得不太愉快，却无力怨责。

男欢女爱本就是人之常情，谁稀罕谁的负责呢。

对王戎而言，她究竟算什么她不知道。但清楚的是，她不是他想要一直留在身边的人。

或许最初，王戎对她有爱。无爱，就不会难以割舍。

可是到后来，方雅君还是居于下风，也许，她真的不如王戎的未婚妻那般优秀，所以，她无法得到这个男人。

她只能放弃！

与许曜分别之后，她平静了许多，也不打算再算计谁。爱情，该来就来，该走就走，一切随缘。

就在她努力打起精神来，面对新生活时，许曜打来电话，他很直接地问她："愿意换个新的环境吗？"

"什么意思？"她不懂他的话。

"有没有想过做个餐厅老板娘？"他在电话那头大声重复着。

雅君站在走廊，从她的视觉角看去，正好可以看见王戎。他正在病房里询问病情，在他的身后，跟着不少实习生。他很专注，也很认真。男人认真做某一件事情的样子，最为迷人。

方雅君一直迷恋着的，不就是他的认真与专注吗？！

她握紧电话，轻声问："你……你什么意思？"

"我说，不如我们结婚吧。"

"结婚？"她忍不住低呼，"你在向我求婚吗？"

王戎带着学生从她身边经过，听到她的话，脚步乱了一个拍。雅君留意到了。

电话那头的许曜笑了起来："是啊，向你求婚。剩男许曜，正式向剩女方雅君求婚！嗯……求婚仪式呢暂时没有，这确实是我疏忽了，寒酸了一点儿啊，不过你也别介意，结婚嘛，不就是凑对儿过日子吗，只要你肯答应嫁给我，我会用往后的时光好好弥补你！”

“你这话怎么说得像是大灰狼在骗小红帽啊……”

“我是认真的，大姐！”

方雅君忍不住笑了起来。许曜这个人，确实很有趣，和他在一起，很轻松，也没有压力。也许，嫁给他会是不错的选择。

可是，她还是需要仔细思考一下。

“能给我一点时间去消化你的提议吗？”

“行，我静候佳音！”

将手机放进口袋，她端着治疗盘，来到王戎问诊的病房，按照医嘱，为另一个病人挂盐水。

像往常那样，她全程与王戎没有半点交集。

连目光也没有。

这晚，王戎不请自到，这是她预料中的事。

他站在门口，痛苦地看着她：“你要结婚了？男的是谁？怎么从来没有听你讲过？”

方雅君不看他，只是将衣柜里的衣服全部抛到床上。满床全是该死的Alice蕾丝花衣。

她将它们往箱子里塞，使劲地塞，恨不得填满每一个角落。

“你要干吗？”王戎在一旁，有些不知所措。他想要阻止她，却又觉得似乎不应该。

她歪着头，看着他，忽然笑了，指了指那堆衣服，说：“喏，这些衣服，起初是因为你喜欢，所以我才买来穿的。后来晓得是你女朋友开的店，还是去买，因为好想知道她的一切消息。现在，我对它们没有丝毫的兴趣了，我不要它们了！你懂了吗？”

他站在原地，不知所措。

她接着说：“其实坦白讲，我真的一点也不喜欢，它们真的好丑。我改变自己，只是为了迎合你，可是到头来，我又得到了什么呢？别人说，爱情应该是不求回报的，但一味地付出，却什么也不想要，那不是白痴吗？”

他紧锁眉头，试图去抱她，却被她一把推开。她叹了口气：“不要这样了，我已经答应了别人的求婚，要对他负责！”

他坐在床旁，有气无力地问：“他是做什么的？你们是什么时候开始的？为什么我不知道？”

“你有什么理由与权利知道这些？我们是什么关系？”她看着他，“我和你在一起的时候，你不也没告诉我，她的存在吗？！”

“两件事情完全不同！”

“有什么不同？你觉得，作为一个女人，真的会心甘情愿地永远守候，暗无天日地去等待一个根本不爱自己的人吗？”

她将所有Alice的衣服都塞进了旅行箱，全数送给了邻居小妹妹，然后面无表情地对他说：“我们结束了！”

他的脸色骤然苍白。他相信，她是认真的！

博爱的男人也许并无过错，如果非要说他错了，那大概是，爱了太过认真的女人。

最后一次去医院拿回属于自己的东西，是在一个月以后的某一天。方雅君坐在许曜的车上，经过旧居的那栋大厦时，有一位身材挺拔的男子，怀里抱着超大的一个纸袋，满脸幸福。她猜测，这是个恋爱中的男人。因为无论男女，唯有在恋爱中想起了有情人，才会喜形于色，不论场合！

喜欢是放肆，爱是克制

与所爱的人在一起，如果他感觉不幸福，你还会贪恋于徒有虚名的爱情关系吗？

答案不必问，自然是不会。

我相信所有付出过真心的人，都愿意成全所爱之人的幸福。

因为爱是付出，是成全，归根结底，是克制。

而喜欢，之所以放肆，更多的是在乎于自己的感受。

不知道你是否也曾纠结过这样一个问题：在爱与被爱之间，选择哪一个，才会过得比较幸福？

有人选择了自己所爱的人。

大家都认为他可能会付出很多，还不一定能够得到想要的回报，应当不会太快乐。

可他似乎对有没有回报一点也不在意。

如果爱是付出的话，那么他爱得倒是足够圆满，又有什么好失望的呢？

有人选择了同爱自己的人在一起。

大家都认为他很幸福，爱人可以对他那么好，将他放在心里最重要的位置。

可他却有些不知好歹，觉得这样的生活太过被动，他也想拥有自己的目标。

你看，我们对于爱情的认识，往往会与当事人的意愿相违背。

有人说，幸福就是猫吃鱼狗吃肉，奥特曼打小怪兽。

其实，这讲的就是“想要”与“得到”。

说到这个，我想起了一个故事，据说是从佛经里来的。不过我个人觉得，真实出处还有待考究。

可这并不影响它存在的意义。

故事是这样的：

石头问佛：“我应该找个爱我的人做妻子呢，还是找一个我爱的人来做妻子？”

佛说：“这些年来谁能让你爱得死去活来，谁能让你挺起胸来往前走？是你爱的人呢，还是爱你的人？”

石头说：“可朋友们都劝我找个爱我的女孩来做妻子。”

佛说：“这样的话，你的一生将注定碌碌无为。你是习惯在追逐爱情的过程中不断去完善自己的，你不再去追逐一个爱自己的人，自我完善的脚步就会停滞下来。”

石头抢了佛的话：“那若是我追到了所爱的人呢？会不会也就此放弃了追逐？”

佛说："因为她是你最爱的人，让她活得幸福和快乐被你视作一生中最大的幸福，所以，你会为了她生活得更加幸福和快乐而不懈努力。幸福快乐是没有极限的，所以你的努力将没有极限，绝不会停止。"

石头说："那我岂不是活得很辛苦？"

佛说："这么多年了，你觉得自己辛苦吗？"

石头摇了摇头，笑了。

石头又问："既然这样，那么是不是要善待一下爱我的人呢？"

佛摇了摇头，说："你需要你爱的人善待你吗？"

石头苦笑了一下："我想我不需要。"

这个故事是劝人去爱，因为爱去付出、去奋斗，并以这拼搏的过程来获得幸福。

这当然是非常正能量的观点，可这也不完全正确。

你忽略了被你爱的那个人，他的意愿是什么？会不会因为你的爱而感觉心有负累？会幸福吗？他愿意接受你为他所做出的努力吗？

如果自以为这就是他所喜欢的，那就是情感绑架。

情感绑架一般来说，只会令彼此疲惫不堪。

久了，你也会萌生出这样的想法：你看我如此爱你，为你改变了那么多，那么努力，那么辛苦，可你却还不肯来爱我，为什么？

实际上，你的努力与奋斗，应当是建立在爱你自己的基础上。

你的付出与艰辛，都是为了换取你自己的幸福，而不是为了任何别的人。

只有这样，你才不会心生怨念。

而你的爱，无论是对他，或是旁人，才有可能会长长久久地坚持下去。

有句话，忘了是在哪里看到的，但觉得很有道理：

喜欢是放肆，爱是克制。

那么你，选择的是放肆还是克制呢？

与所爱的人在一起，如果他感觉不幸福，你还会贪恋于徒有虚名的爱情关系吗？

答案不必问，自然是不会。

我相信所有付出过真心的人，都愿意成全所爱之人的幸福。

因为爱是付出，是成全，归根结底，是克制。

而喜欢，之所以放肆，更多的是在乎于自己的感受。

总之爱人者先要自爱，才有可能被爱。

而被爱者，不必愧疚，你原本就是无辜的。

爱是两相宽恕

也许是时间的错，两人相恋多年，早已审美疲劳，但初恋时分的美好，却不能忘记。

“于老板，下班吧。”

一杯热气腾腾的咖啡放到于茜跟前。她连头也没抬，专注地盯着电脑，双手飞快地在键盘上敲击着。

“莫非柯老板不知道，我手中还有无数的工作没有完成吗？就会说风凉话，从来都不会主动出手相助！”

柯正探头看了一眼她的电脑，上面的表格的确还有许多空白。他直起身，一本正经：“什么事都你一个人干完了，那还请手下的人干吗用？”

“有些东西是手下的人不能碰的，懂不懂什么叫商业机密！”

一个文件夹从于茜手中飞出。

柯正眼明手快地接住，他环顾了一下已无旁人的办公室，轻声问：“喂，不如晚上一起吃饭吧，正好我约了几个朋友。”

于茜狠狠地敲了一下回车键，靠在椅背上长舒一口气：“姐要是有你一半的空闲时间，那可就美死了呀！你说咱俩同是合伙人，为什么你那么闲，我那么忙，啊？”

“这还用问！答案显而易见啊！”柯正挑眉，得意扬扬，“我聪明呗！”

于茜瞪了他一眼，一本正经地说：“吃饭我就不去了啊，我得陪陪男朋友，好不容易今晚他不用值班，你可不能剥夺我俩宝贵的亲密时间。”

“王戎可真幸福呀，把个霸道女总裁变成了将他放在心尖上的小女人！”他说这话的时候，语气显得酸酸的，看着于茜的目光也是饱含幽怨，“你说咱俩当初怎么就没走到一起去，反而成了狼狈为奸的合伙人呢？”

“时不与你！当时我不是有成魏吗？！”

虽然只是一个玩笑话，可提到了成魏的名字，于茜心里依旧隐隐一痛。

见她闪神，柯正拍了拍鼓囊囊的钱包，说：“也是。如果没有成魏，恐怕咱俩如今也成不了‘壕’！他是带给你美好未来的前男友，你应当感激他。”

“滚！”

柯正这二货笑嘻嘻地果断滚了。

成魏，于茜的前任，也是柯正的大学同学兼死党哥们儿。

若非这层关系，于茜与柯正如今也不可能发展成为生意伙伴、创业合伙人。

前几日，她又不由自主地拨通了成魏的电话。也许是旧情难忘，也许是有点犯贱，她说不明白，也不知道拨打这样的电话有何意义，更不知道旁人有没有给前任打电话却又言不达意的情况，但她确实时常这样做了。

故作轻松地闲聊，也不过是为了探听他的近况。与其说成魏是个毫无心机的人，倒不如说，于茜于他而言，只是朋友，而非前女友。

否则，他也不会什么都告诉她。

譬如前几日，他告诉于茜，他似乎爱上了一个不爱挂窗帘的奇怪女人。

于茜有些震惊，也很失落。

听到旧情人爱上了别人，没人会不失落。

她却还同他开玩笑："这样啊，说不定这个女人极度缺乏安全感，她在假装坚强，你得耐心温暖她，让她卸下心防，这样子有情人就能终成眷属了。"

其实她非常明白，她与成魏的缘分只适合做朋友，否则五年前，她就不会提出分手。

是她决定离开他的，可是对他的爱，却从未停止过。

她并非刻意制造遗憾，只是对于爱情过分清醒，也不愿与深爱的男人因爱生恨，反目成仇。

最后，唯有离他而去，才能长长久久。

此时此刻，尽管十分怀念，又能怎样呢？她与成魏，不过是两条有过交集的直线，在交会的时候没有决定终身缠绵，就注定要向各自的方向伸展。

八点一刻，办公室只剩下于茜一个人。她是老板，但也经常加班。终于可以收工了，她起身舒展了一下身体，端起办公桌上的冷咖啡轻抿了一口。她酷爱冷咖啡，虽然香味尽失，涩味俱全，可她仍然将它视为最爱。

或许，她爱的并不是咖啡本身，而是那在口腔中弥漫开来的苦涩。

柯正也借她对咖啡的偏爱而直白她的爱情：“就像你对爱情的态度，也许爱的并不是那个人，不过是初见的美好罢了！”

柯正对于她的爱情与生活，真是了如指掌。也许他说得对，否则当初她为什么不选择与成魏一起生活呢？因为她太早就知道了，生活与爱情是不能画等号的。

她把玩着咖啡杯，站在办公室的落地窗前。办公室在大楼20层，从窗户往下俯视，可以看到满城的灯火辉煌。少城，像猫一样慵懒随意的城市，举手投足都挥洒着妩媚娇柔。于茜在这里出生，在这里成长，从未离开过，也从未经历过波折与风浪，一切都很顺利，包括爱情也是水到渠成。

“月亮代表我的心”响起，于茜没有迅速去接电话，而是估计着来电者是成魏，还是王戎。也只有他们俩才拥有这个来电铃声的权利。

是王戎。

于茜有一些失望，可这应该是意料中的事情。只有王戎才会在她晚归时，焦急万分地打来电话。成魏？如今他哪里会管她的死活。

“喂？”

“茜茜，今晚我要加班，晚餐你和柯正一起吃好吗？”王戎低沉的声音传来。

“嗯。”于茜的脸上并无特殊变化，她淡淡地说，“没关系，反正我也在加班呢。不过，你晚上早点回来啊！”

“做完这个手术我就回去！”

王戎是医生，加班是常有的事。于茜和他在一起这么多年，早就已经习惯了。她甚至不记得，有多少个夜晚是一人独眠。有时候，她也会觉得很寂寞。好在，单身的柯正与单身的成魏，都是她无聊时光里，最忠实的朋友。

虽然已经名花有主，但这并不妨碍她结识要好的异性朋友。柯正常常笑言，说于茜是个让人害怕的女人，没有任何男人可以逃脱她与生俱来的魅力。

她因此快乐，却不得意忘形，十分汉子地捶柯正的肩膀，大声笑着说：“你不是男人吗？你不就例外了吗？！”

“我当然是个再正常不过的男人了！但是在我眼里，你根本就是个汉子，正因为如此，我才幸免于难！”

“你才汉子，你们全家都是汉子！”

她是个看起来很精致，其实心思不怎么缜密的女子。

与王戎的相恋，就像一个贪玩的小孩在路边拾到一颗糖果，完全出乎她的意料。

五年前，于茜的男朋友还是成魏，因为工作原因，成魏要被调派到深圳。离开之前，她帮他收拾行李，嘴里还不停地唠叨：“毛衣和外套我给你压在箱子的下面，如果那边十分冷，记得要自己去买御寒的衣服！”

成魏点点头。她放下箱子，将自己埋进他的怀里，无限温柔：“你在那边要好好照顾自己，要想我……我也会想你的，我会等你回来！”

说这话的时候，她确实是字字真心。

成魏却很不以为然地推开她，笑了起来："只是分开一年而已，又不是不回来。"

然后在于茜的目瞪口呆中，成魏和衣而睡。他是太困了。

于茜原本打算留下一个浪漫温馨的离别之夜，未曾料想到他是个榆木脑袋。又或许，他根本就不想。

也许是时间的错，两人相恋多年，早已审美疲劳，但初恋时分的美好，却是不能忘记。

那时候于茜还在商贸学校进修本科课程，每天要经过一家银行才会到达学校。她和校友林兰一路小跑地赶时间之余，总不忘在银行那里停驻一下脚步。银行外面，有整面墙的玻璃镜，每次经过，她都会驻足整理衣服，看看仪表究竟怎样。

其实更多的时候，她都在关注秀发到底有多长。

她有一位高中男同学，非常喜欢长直发的女生。她记在心里，恨不能一觉醒来就变成长发美女。可惜校规很残酷，整个高中时代，他们学校所有的女生，全是江姐似的短发。

她同林兰说起来，林兰翻翻白眼说："你那位男同学心理不知道有没有留下阴影，放眼看去，黑压压的一堆革命女战士。"

她听了笑到肚子疼。如果有机会，她真想当面问问他。

可惜的是，自从毕业以后，他们班的同学大多数失去了彼此的联系方式。

"有些时候人与人的缘分，真的就只有那么长一段，逝去了，就再没有未来。"她说完，略惆怅地叹息。

林兰笑她神经病。

进修班的课程十分紧张，因为是速成班，所以基本还是要靠自学。

因为工作需要，她学得极其认真。但林兰为的是混张文凭，所以三天打鱼两天晒网，时不时再来跟于茜八卦一下“外面的世界”。

有一天，林兰神秘兮兮地对于茜说：“喂，这两天你有看见那个美少年吗？”

“美少年？哪里？”她环顾四周，心中涌起四个字：悲惨世界。

“你神经病啊，我们班怎么可能有！我说的是银行那里，有个高大英俊的美男子，你没有发现吗？”

“幻觉吧你！我每天都经过那里，怎么没有看见？”

林兰撇撇嘴：“放学你就知道我没有骗你了！”

放学之后，林兰被男朋友牵走了，于茜只好独自一人回家。关于“看美男子”的约定，又变成了泡影。

经过那家银行的时候，她再次驻足，侧身看身后的头发。忽然发现，不远处的大门口，站了一个久违多年的人。她有些不敢确定，却不由自主地走向他。

“于茜，好久不见了！”他微笑着走出玻璃门。

她惊讶地捂住嘴，低呼出声：“成魏！真的是你吗？”

是他，她一直暗恋着的、喜欢长发女孩的那位高中男同学。

“你在这里上学？”他指着旁边的学校。

“对啊，因为工作需要，所以必须恶补本科文凭！”她望望他身后的银行问，“你来这里上班多久了？”

“没几天，真没想到今天遇见你！”

“是啊，我也没想到！”于茜猜想，林兰所说的那位空前绝后的美男子，就是成魏吧！

“一起吃饭好吗？多年不见了，总要给老同学一个机会吧！”

机会？她笑着点点头。

后面的发展很自然，每天见面，每天约会，看电影、吃饭，逛街、郊游，很快，两人顺理成章地成了男女朋友。

所谓念念不忘，必有回响。于茜奉为真理。

顾不得林兰的劝阻，她毫不犹豫地搬来同成魏一起住。

她为他洗衣、做饭、收拾家务。在他忙碌的时候，一杯水、一个苹果，他肯接，她也要欢喜好半天。

他刚刚换下来的脏衣服，她总是在第一时间清洗干净。

每天早晨，她会为他做好早餐。

休息日，她同他一起赖床。

她有多爱他，就连她自己也不知道。那时候的她觉得，能够照顾心爱的男人每一天的生活起居，是件十分幸福的事情。因为每为他做一件事情，就在他的生命里留下了一个脚印。爱一个人的时候，不就是希望能在他的生命里留下痕迹，最终成为他的所有吗？

成魏对于她的所作所为应该也是很感动，有一次他感慨道：“于茜你这么好，也不知道我有没有那个福气，能和你相伴到老……”

“你说能，就能啊……”她很害羞，但他却没有再接话。

那时的爱情，热烈而甜蜜。可随着时间的推移，接踵而至的，是考验爱情的平淡生活。

于茜性格开朗，喜欢结交新朋友。

不记得是哪年哪月哪日，成魏对她发了脾气：“最近你怎么老是夜里出去玩？外面治安那么差，就不能安安分分地待在家里吗？”

她觉得委屈，反驳道：“可我在家里很闷啊，你知道我的生活，每天都是两点一线，不是在家里，就是在公司，很累的，我就想多放松一下啊！”

“既然觉得累，为什么又要玩到那么晚？还喝得酩酊大醉！”

“我酒量不好嘛，况且也没有太晚……还不是因为你不在家嘛！”她试图撒娇蒙混过关。

“我在家的时候，你也出去！”

“那是因为你老玩电脑，不理我啊……”

“我玩电脑？”成魏的眼睛燃起怒火，“那是我的工作！”

是的，那是成魏的工作。他很忙，每天都很忙，不管是在单位，还是在家里，无时无刻不是在工作。为了未来的美好生活，他已经很努力了，根本没有时间休息。

于茜第一次见到他发火，也许是长久以来生活中的委屈，她脱口而出地反驳：“你从前承诺过的事情哪一件做到了？旅行，没时间。去我妈妈家，没时间。见我朋友，没时间。你总是在忙，你看电脑的时间都比看我的脸还要多，你告诉我，我怎么能忍受，我又不是小动物，吃饱了哄哄睡就算完！”

“那你想怎样？你以为我这么拼是为了什么？跟着一个穷光蛋你觉得真的开心吗？”

“可我根本就不在乎你到底有没有钱！”

“你会在乎的，总有一天，你会在乎的！”

“不，我不会，我只要你好好爱我，我只要你肯陪着我……”

“对不起，我做不到！”他大声吼道，“我永远不会成为你想要的这种男人！”

她被吓得目瞪口呆，这是他们最为激烈的一次争吵，至今记忆犹新。

成魏似乎从来没有承诺过，要与她永远在一起。

自那以后，他们之间的争吵就越来越多。

她扔东西，他砸桌子；她用酒买醉，他抽烟麻痹。

两个人对骂起来，一点也不肯让步。

于茜一度感到很绝望！原本相爱的两个人，怎么变得如此陌生。她时常会在半夜惊醒，看着身边的男人，会想，他是谁？他还是自己的爱人吗？那种陌生感，令她十分恐惧。

偶尔一晚，她与林兰散步，林兰问她："你最近总是形单影只，怎么了，和成魏吵架了？"

她摇头："没有！"

"连我也要瞒呀！看你最近瘦成什么样子了！到底发生了什么事？"

她终于无法继续伪装，将所有的不愉快都讲了出来。

林兰看着她，心疼地说："如果觉得委屈就放手吧！"

"现在放手，我很不甘心！"

"仅仅因为不甘心吗？我问你，你还爱他吗？"

她低着头，沉默许久。她知道自己还爱着他，可是已经没有从前那样的义无反顾。她被伤害了无数次，她怕了。

面对林兰，她几乎没有秘密可言，她不用回答，仅仅是一个目光，林兰就能心领神会。

"那他还爱你吗？"

是啊！他还爱她吗？于茜怔住了，与成魏在一起两年了，从未听他讲过他爱她。自从搬进他的家，他就不再带她去看电影，更不会陪她逛街，甚至连说话的时间也少了，他总是在查他的数据，查他的工作。

“都说男人不会珍惜轻易到手的女人，看来是你之前太过主动了！”

林兰的话如剑，太狠，太刺心。她对于茜和成魏的这段感情，向来不太看好。

她的婚礼定在成魏离开一个月后举行，于茜是伴娘。

伴郎是新郎官的好友，他叫王戎。

成魏离开以后，与于茜之间的联系尚属密切，偶尔也会说点甜蜜的话，尽到做男友的本分。

“你要好好照顾自己，晚上不要踢被子啊，别感冒了！”

彼时的于茜很知足，只要爱人的一通电话，就能令她满心欢喜。

可两周之后，成魏的电话越来越少，每当于茜给他打去电话，他也总是推说工作很忙。

真的是在忙工作吗？于茜心存怀疑。

到林兰婚礼的那段时间，于茜与成魏之间的关系，可谓到了冰点，只欠一人主动提出分开。

所以王戎，倒也不算是乘虚而入。他是医生，工作的时候严肃板正，对于茜却是极尽温柔与浪漫。

林兰似乎很乐意看见她与王戎在一起，更是创造机会，百般撮合。她又不能拂了闺蜜的面子，只能继续联系着。

王戎约她，刚开始她还能一口拒绝。可面对这样多情又俊朗的男子，没有一个女人能做到永远拒绝。只要女人肯接受与孜孜不倦的追求者做朋友，那么早晚有一天，他能从朋友晋升为恋人。

他陪她看电影，陪她逛街，陪她去旅行。

她生病头疼的时候，他耐心守在床旁。

她的父母生日，他不请自来，忙前忙后，俨然已是准女婿。

她的朋友聚会，他慷慨大方，深受友人们的青睐。

于茜在成魏身上得不到的，王戎都一一给予了。

得到一个女人的心，最佳方式无疑就是她缺什么，就给她什么。

她举旗投降，接受了王戎的追求。

面对远在千里对她不闻不问的成魏，她有说不出的内疚与自责。可背叛已成事实，无论她多么后悔，多么难过，都无力回天。

她搬离了成魏的家，将钥匙寄还给他，寄信的那一天，她在邮局险些哭到晕倒。工作人员还以为，她在寄哪位往生者的遗物呢！

是啊，她确实是在寄遗物。在她与成魏的爱情里，她已是往生者。

成魏是否收到她的邮包，她不清楚，但他回到少城时曾经给她打过电话，声音如往昔一样轻松愉快："你开心就好！"

作为一个男人，对她的背叛如此释怀，证明了什么？若非是他的心胸宽广，那便是，他根本不爱她！

如今偶尔，他们还是会见面。

她告诉成魏，王戎对她很好。

成魏告诉她，他升职了。

她笑了，这算不算是各得其所？

像知心朋友一般的关系，也令于茜豁然开朗。为什么有那么多的离异夫妻最后成为好朋友，因为他们最初错把友谊看成爱情，等到真正生活在一起了，才发现不适合。

寻找最适合两人相处的身份，是许多男女至今难解的问题。

于茜后悔曾背叛成魏，但从不后悔离开他。因为，王戎对她真的很好。

不管她是短发、长发、直发、卷发，对王戎而言，只要是她，都可以。不论她穿什么，他都很喜欢，哪怕是大家都知道的地摊货。他接受她所喜欢的一切。他是宠着她的。

于茜曾去过王戎的医院，在那里看到了一个个子娇小却长得十分甜美的女孩，她的身上有种薰衣草香。许多次，王戎所谓的“夜班”后回家时，身上就有这种香味。

她佯装糊涂，从不询问。她一直认为，爱应当是两相宽恕。

霓虹如星，点缀着少城的夜晚。

于茜看了看时间，九点整。肚子好饿。她将桌子简单地收拾了一下，走出办公室。

刚进电梯，就接到了柯正的电话：“于茜，刚才王戎打来电话，说他今晚要加班，所以我就心急火燎地跑来等你了。你一定没吃饭吧，我在楼下，你快下来啊！”

她欣然一笑。

柯正是她的急救车，每次最需要他的时候，他总会出现。

凌晨一点，王戎满身疲惫地回到家，一进门就把自己抛进沙发里，眼里藏了很多情绪，似乎有失落，也似乎有痛苦。

于茜拧了毛巾轻拭他的脸：“今天什么手术啊，做到这么晚？”

“开颅，整整站了七个小时。”

“明天还要上班吗？”

“明天还有很多手术！”

“那快去洗澡，早点休息吧！”她从卧室里拿出一条干净的浴巾放到他手里。

他忽然将她搂在怀里：“我们结婚吧！”

她久久沉默，直到他感觉到她的泪滴落到他的掌心。

他轻轻捧起她的脸，轻轻吻去她的泪：“我会永远爱你！”

“唯一吗？”

“唯一！”

也许是欺人也自欺，其实王戎十分明白，在他的内心深处，还有一个女人，他毫无廉耻地辜负了她。

于茜哭了，她不知道究竟为何而哭，是因为感动？还是因为……新郎不是心之所爱？

她不爱王戎，可是却喜欢和他在一起。

这就是她所选择的爱情。

漫漫情路，几多艰险

婚姻是一件极其冒险的事情。这世间最极不过如此，搭上的，是一生一世，是韶华青春，是如花美艳，是全部精力。

女人用青春做赌注，男人用自由做赌注，谁也不知道未来会不会皆大欢喜，但愿前景美好，也努力让它美好。

有过多年同居经历，或是婚姻经历的人都知道，婚姻与爱情，全然不同。

婚姻是婚姻，爱情是爱情，两者千万不要混为一谈。

爱情多么纯粹，你爱我，我爱你，纯属化学反应，我们要长相厮守，直至天长地久。我为你的快乐而努力，你为我的快乐而努力，我们都说甜言蜜语，即使争吵，也会在绵长的深吻之中一笔勾销。

但是婚姻，却是截然不同的处理方式。

爱情不会永远新鲜，两个人之间一旦有了承诺，必定就会衍生矛盾无限。

爱情变成婚姻，会掺入他的家人、他的朋友，也要掺入你的家人、你的朋友。

不再是两个人。这道理，但凡结婚或准备结婚的人，都应该懂得。

我想，婚姻十有八九都很疲倦，大概就是因为累赘太多，一点也洒脱不起来的缘故吧。

起初，也有几年相安无事，悱恻缠绵，海誓山盟，爱到歇斯底里，恨不能长到对方的身体里去。

再后来，发现对方有诸多的不美好，以前所有的优点，在现在看来也不过如此；而所有的缺点，竟然越放越大，越放越大，大到无处可放对方仅存的优点。

于是，怨念，争吵，无休止的争吵。

痛哭已经没有意义了，抱歉也已经没有意义。为什么美好的爱情，到最后会变得如此面目可憎，令人咬牙切齿。是该放手，还是继续坚持？也许，挺一挺就过去了呢？

得过且过，许多人选择了这么做。

责任与负担，沉重地落在单纯美好的肩膀上，压得人喘不过气来。

实在扛不下去，只好选择离婚。

可是，离婚之后，又能怎样？

选择新的伴侣，重走当年与别人一起走过的路，只是换了一轮新人，实际并无改变。

等到你白发苍苍时，你才知道，原来所有婚姻都一样，所有婚姻都要冒险。

可是这个险，你却冒得心甘情愿，矢志不渝。

谁让你，肯为爱情牺牲自由呢！

选择了放弃自由，就等于选择了接受负担，接受责任。

既然如此，那还有多少坎坷风险，不能面对的呢?

即使这是一场冒险，也要将它当作一次旅行。不论你何时决定结束，请一定要微笑面对。不要临到故事散场，撕破脸皮，丢掉仪态，反目成仇。

即使是因为他的错，或是她的错，让故事草草结束，也不要埋怨。

接受婚姻，就要接受这场冒险中的种种可能。

有背叛，也有背离。

在走进围城之前，你我早就有了心理准备。

走过了许多的坎坷，也与挫折奋力搏斗，最后，取得了辉煌的成绩，一起到老。

待到那时回头再看，这漫漫情路，多么艰辛。

此生最爱的人，是身边那一位。

你若说他们之间的爱情多么伟大，会十分肤浅。

相守几十年到老的人，哪还有什么爱情。

那种感情，早已升华。

我找不到妥帖的形容词，但却为之动容。

但愿每个人的婚姻，都能走到时光的终点。

每个人都有幸福的权利

如果你能忘掉过去，幸福在任何时候到来都不会晚……

经过小林北路时，萧颖抬起头。

晚风中，夕阳下，一排独特的红砖房矗立在这城市最繁华的角落里，最靠近街边的那一栋，楼下的小超市看来并未易主，而临近超市的那个单元，五楼的那个窗户，依旧挂着鹅黄色的碎花窗帘。时间是个很奇怪的东西，过了这么多年，她以为什么都变了，却没想到这间屋子像是定格在时光里的影画，半点没有改变。

那间屋子她是十分熟悉的。三室一厅，月租八百。八百块对于当时的她来讲可不是一笔小数目，她是发了神经才会租下来。从小居住环境就不差的她喜欢宽敞的屋子，假如将她困在一个狭小的空间里，恐怕会抓狂崩溃。那时的她刚从报社辞职出来，做了朝不保夕的自由撰稿人。

那是她人生中最为晦暗的时光，没有爱，没有钱，没有前途与梦想，什么都没有，她只有一双手，没日没夜地蜷缩在电脑前机械地敲键盘。没有锅碗瓢盆、柴米油盐酱醋茶，厨房角落那箱泡面是最爱，还有一个会响的电水壶。

有时候真的累了，就躺在床上一动不动地看着天花板，心里想着也许眼睛一闭就死过去了也说不定。

可是她毕竟没有死过去，还在那间绝对可以做狗窝样板房的屋子里坚强地生活了好几个月。也不知道成魏后来为什么会留下来，换作任何一个正常男人，都不会接受这么一个邋遢颓唐的女人的。

这么看来，成魏还真不算正常人。

成魏是跟随她的朋友童悦一起敲开她家房门的。

接到童悦电话时，童悦并没有告诉她还有旁人一同前来。所以她半点顾忌都没有，竟然穿着一件半透明的丝质睡衣，凸点，酥胸半露，披头散发地开了门。

"啊——"

尖叫的不是她，是童悦。成魏站在童悦身后十分尴尬，目光不知道该往哪里放才好。

反倒是她异常冷静地捻了捻低低的领口，满不在乎地说："进来吧！"

童悦一进门就批评个不停："放着报社记者不做，跑来做自由撰稿人，住在狗窝似的家里，你在折磨你自己啊！许曜那样的男人根本不值得你去爱，瞧瞧你把自己糟蹋成什么样子了？方便面？你又吃方便面……说过多少次了，再吃下去会死人的！"

"那就让我去死好了！"萧颖不去理会她，她已经习惯了这个女人的啰唆。她径自回屋换了一件衣服出来，童悦已经非常不客气地招呼同来的男子坐在沙发上了，手中端着的是她唯一的茶杯。萧颖看了他一眼，问电脑前的童悦，“不介绍一下？你男朋友？”

“我倒巴不得他是呢，可偏偏造化弄人！喏，我来介绍一下，成魏，我的大表哥！”她神秘兮兮地凑到跟前来，“以前我怂恿你甩掉许曜就是想把你跟成魏凑成一对，怎么样，我表哥也是一表人才吧！”

萧颖总算明白了童悦的用意。

“成魏”这个名字的出现率太高了，童悦无数次地劝说自己甩掉许曜，就是想要介绍成魏给她认识。人已经来了，在她人不像人、鬼不像鬼的时候忽然出现，她连拒绝见面的理由都没有，于是，她伸出手，微笑着说：“你好，我叫萧颖，很高兴认识你！”

“我也是！”他轻握了她的手一下，很礼貌，也很淡然。

这是第一次见面的整个过程，她将开头记得很清楚，就连成魏手里捧着茶杯却一口茶也没喝都没忘记。可是后来是怎么发展的，她全然忘记了。只知道随后的日子里，都是资深宅人的他们常常在网上聊天，而所谈内容真是枯燥到无以复加的地步。

“你喜欢什么颜色？”他问。

“鹅黄色啊！”她轻轻地敲击键盘回答。

“那你的内心应该是充实而又温暖的啊！”

“我有让你觉得很冷漠吗？”

“还好吧。哎，最近降温了，你有挂窗帘吗？”

萧颖抬起头，一阵凉风从窗户吹来，她打了一个冷战，她竟然忽略了自己家从来就没有窗帘这件事情。

“啧啧，真看不出来，你的观察力那么强，这个细节你都注意到了！真没想到冬天就快到了……看来必须要找个男朋友取暖才行！”

"说的什么话，找个男朋友取暖？这什么逻辑？"他对她的话并不赞同。

她没有回应，只是说："我有没有告诉你，你同我一个老朋友好像，身材、身高、穿衣品位都神奇地相似，还爱啰唆。"

"我应该为此感到荣幸吗？"

她没有再说什么，匆匆下线。

那个老朋友……是许曜。在见到成魏的第一眼，她就被震撼了。明明两个人长得并不像，可是由于穿衣打扮以及身高气质相似的缘故，她竟然对他产生了莫名其妙的熟悉感。

第二天，成魏抱着一个纸袋站在萧颖门口："喏，鹅黄色，你喜欢的！"

那是鹅黄色、带着点点小碎花的丝绵窗帘。她目瞪口呆，而他，旁若无人地走入她的卧室，替她挂好窗帘。那一刻，萧颖感觉自己的心微微一颤。她有些手足无措地看着成魏认真仔细地挂好每一个扣，忽然想到许曜。从前他们也是这样认真地注重生活的细节，一起摘下并不太脏的窗帘，不愿意省心地拿出去洗，就这样守着洗衣机等着"叮"的一声宣布窗帘清洗干净，原本还在沙发上缠绵的两个人就会高兴地跳起来，甜甜蜜蜜地捧着窗帘，一个人安挂钩，一个人放上架。

直到有一天，许曜不再理会窗帘有没有脏，更不理会她是否需要帮忙时，她才明白，所谓幸福，只是瞬间；所谓永远，那更是天方夜谭。

爱情是什么？爱情是狗屁不如的东西！她不再相信爱情，更害怕重新去爱别人。在她心里，一男一女从陌生到相识相爱固然是一件美好的事情，可是结局却不见得就会完美。争吵冷漠总是接踵而至，甚少有人爱到深处不分手。

既然已经明白了这种规律，又何苦要从一个火坑跳入另一个呢？她漠然地看着成魏，轻轻抚平了最初的悸动。

“挂好了！”成魏搓了搓手，微笑着看着她。

“谢谢！”

“还真客气。你是童悦的姐妹，我没理由不好好照顾你！”

也许他并不知道童悦有意撮合他们的事情，她黯然地想。可是，她凭什么会因此而感到黯然呢？凭什么呢？她不是对男人已经完全死心了吗？可是面对这样一个秀色可餐的男人，心中的蠢蠢欲动却是赤裸裸的。

“怎么了？不开心？”

她脸上的小变化丝毫都逃不过他的眼睛，她轻声问道：“成魏，你对我有兴趣？”

他没想到她竟然如此直接，愕然地看着她，不知道该怎么回答才好。有兴趣？什么叫有兴趣？是对她这个人有兴趣，还是对她成熟富饶的身体有兴趣？这个问题他真的没有考虑过，更不知道她这个问题的深意。

他只是深深地看着她的眼睛，她也同样看着他，直到他说：“关于你的事情，我知道一些。我想你应该也知道童悦是多么热心的一个人。其实对于爱情我没有什么看法，但是我知道如果别人已经不再爱我了，我会将伤心化为祝福与重新生活的动力，过得比从前还要好！咱们愿赌服输，行吗？”

“所以你对我的关心与照顾，都是基于可怜？”

“我宁愿你说是‘同情’。谁没受伤过呢，十多岁的小青年还有伤心的初恋呢，更何况你跟我。套句俗气的话来说，咱们都是有故事的人，我比你好不到哪儿去，前女友在我去别的城市工作的那段时间跟人跑了，对于男人来说，这简直就是奇耻大辱。可是我能怎么样呢？当然也有痛苦过，还好，不是很久！”他腼腆地笑笑，接着说，“我不想活得太辛苦，所以丢掉包袱重新开始。”

她抬着头，仰望着他。

“我说这些没别的意思，就是希望你能放下，希望你幸福……”

那个吻来得很突然，到底是谁主动的，或许是她。可是萧颖半点也想不起来了。投入那个温暖的怀抱她毫不犹豫，他温润的舌尖、清新的气息、浓密的黑发没有半点输给那个令她刻骨铭心的人。也许孤男寡女共处一室真不是一个正确的选择，可在他挺身进入的那一刻，她毫不掩饰地表达了自己的快乐。都是成年人，何苦要压抑自己的欲望呢？给伤痕累累的彼此一点温暖，是这个秋日午后最好的选择。

屋内春光旖旎，窗外刮着狂风，偶然掀起一角窗帘，便可看见外面枯叶漫天飞舞。她看向窗外，不要看他的眼睛，不要知道他对于她的疯狂到底报以什么样的表情，更不要知道他到底会怎么对待未来他们的关系。她只是牢牢地盯着那扇窗帘，那些窗外的落叶，她要自己清醒地知道这副身体也为另一个男人而疯狂，尽管，他们的身材体型那么相似，尽管他们喜欢的爱的方式那么相似……尽管……她真的会有一点错觉，此时此刻带给她美妙感受的那个男人是许曜！

对不起，成魏。她痛苦地闭上眼睛，为自己的无耻而感到羞愧。

突如其来的一场大雨在他们最亲密契合的那一刻欣然而至。

她伏在他的臂弯，木然地说：“童悦常说，如果更早前我和你就认识了，说不定我们很适合……可是，这世上哪有什么如果……”

成魏闭着眼睛，沉默，什么话也没说。

“成魏，谢谢你给我的这一切。”

他忽然翻身压上她，漂亮的双眸深深地看着她。

“如果你能忘掉过去，幸福在任何时候到来都不会晚，可是……你能相信此时此刻给你快乐的那个人，其实是我吗？”

萧颖闭上眼睛。

他颓然地从她身上滑了下来，痛苦地俯在她的颈间：“对不起，我不想做别人的替身……”

眼泪从萧颖的面颊滑落，她轻轻地抚摸着他的头发，却说不出半句安慰的话。

对不起，他们实在太相似，以至于她不得不闭上眼睛。

而敏感如他，又怎么可能不知道。

在未来的一个星期，他们竟然都没有跟对方联络，等到成魏忍不住拨通她的电话号码时，听筒里传来了中国移动客服人员甜美的声音——“对不起，您所拨打的号码已关机”。

听说，她在几天前已经离开了少城。

听说，她不打算再回来。

听说，她没能爱上他。

听说……

一切，都是从童悦的嘴里听说的。最后，童悦饱含同情地拍了拍他的肩：“哥，你不会真的爱上萧颖了吧？”

他自嘲一笑：“怎么会？！”

到了新环境，换了新号码，也换了新的网络联系方式，一切都换了，唯一没变的是她仍然单身。

换了新环境，原本以为可以开始一段新的生活，可是在无数个寂寞的夜晚后，她发现自己还是会想念曾经的人、曾经的事。可是意外的是，令她想起最多的那个人，竟然是成魏。两个人唯一的一次亲密接触，却无数次地进入她的梦乡，以至于每个细节她都记忆犹新。她从前是那么迷恋许曜，可是现在竟然将他忘得干干净净。

她有时候也会想，自己是否太绝情。也许她应该给成魏一个电话，将不辞而别解释清楚，或者跟他讨论一下此刻自己心里这样的感受到底代表着什么……

终于在离开少城一百天的那个晚上，她拨通了他的电话，“嘟”的一声刚刚响起，她便像受惊的小兔那样忽然挂断。

对不起，她真的没有勇气。如果……如果他不爱她，那么她的主动算是什么？

如果他爱她，他应该找到桦城来的啊！她和童悦依然是朋友，想要找她，并不是一件困难的事情。

可是，为什么他不肯来找她？

她原本打算再也不要拨打这个电话了，可是看到未接来电的成魏却将电话拨了过来。她战战兢兢地接通电话，打算语气轻松地跟他说：“不好意思成魏，我是萧颖，这是我的桦城号……”

可是，在那冷静又漠然的男人声音里，她却沉默了。

“喂，您好，请问哪位？”

她犹豫着。

“喂？您在吗？请问您打电话给我有什么事情吗？”

他的语气客套而疏远。

她张了张嘴，正要把自己的名字说出，突然听见电话那边传来一个很娇媚的女人的声音："成魏，你在那边做什么？快过来扶我一下啊，我摔到膝盖了。"

"你怎么那么不小心啊，说过你多少次了，别毛毛躁躁的行不行！"他的语气很着急，看得出来，那个女人于他而言应该很重要。萧颖苦笑着掐断电话，关上手机。

真可笑，她竟然忘记了成魏是那种最擅长抛弃过往、重新开始的人。

脸上是什么时候有了眼泪的呢？凉凉的，她有些不知所措。

张勋的电话来得很是时候，她对电话那头的年轻人说："过来，陪颖姐吃饭！"

张勋，她所在杂志社的美术编辑，少城人。因为是老乡的缘故，平素两人总是一起吃饭，一起逛街，一起八卦这座城市与少城的区别。

张勋接到电话有些欣喜若狂，他爱慕她，毫不掩饰。

川菜馆，回锅肉，剑南春。

两杯小酒下肚，萧颖对张勋说："我想家了！好想好想！"

她哭得一发不可收拾，是因为想家吗？还是因为刚才那通电话……

张勋默默地守在她旁边，过了许久才说："回去吧，回去见你想见的人，做你想做的事。这座城虽大，你却半点不爱它！"

她哭得累了，擦掉眼泪却笑了起来："我又害你担心了吧，姐姐就是这点儿好，孩儿性，哭完就没事儿了！"

说完她将杯中酒一口闷了，脸上漾出一个美丽的笑颜。

刚才是谁哭得稀里哗啦？反正不是她。

张勋苦笑着摇摇头，她的孩子气，他就是没办法。他有多么喜欢她，她必然是知道的。可是她一口一句姐姐，态度很坚决。他担心，那层纸一旦被戳破，他会连这个“姐姐”也一起失去。

很多人没有结果地爱着一个人，说不出缘由，却宁愿如此。

其实萧颖又何尝不知！她只是假装不知道罢了！

一年后，神经兮兮的萧颖忽然决定回到少城去，做了决定之后就半刻也不想继续待下去，心急火燎地辞了职，当天晚上她就飞回了少城。到机场来接她的人除了爸爸妈妈还能有谁呢？就连童悦知道她已经同她呼吸着同一片天空的气息时也是一周之后的事情了。

萧颖就是这样一个人，总会突然做出很多神经质的决定。

离开之前，她对张勋说，希望某天能看到他的画展。原谅她的自私，她只是希望在她最孤独的时候，有个男人可以陪伴自己身旁，说说话也好，吃吃饭也好，总之不要一个人。

回到少城后，她才发现不过短短的一年半时间，这座城市竟然平地而起多处高楼。

是的，一年半，548天，城市都会有变化，更何况是人。

所以当妈妈告诉她，许曜结婚了，她并不感到惊奇。倒是妈妈说，新娘又胖又丑，令她忍俊不禁。

在她和许曜曾经同居过的那幢公寓外，她看到了许曜的新婚妻子，虽然不如萧颖娇艳妩媚，但却是一副贤妻良母的标准范儿——身材娇小玲珑，气质温柔婉约！许曜站在她的身后，表情漠然。

这算不算是一种讽刺？她最痛恨许曜漠然的表情，那副原本令她以为他不爱她的表情，在现在看来，其实不过是他生活的一种习惯罢了。她学不会包容，自然没有成为他的新娘。

女人总喜欢了解旧情人的情况，无非是想要知道对方过得好不好。还爱着的，自然希望对方幸福，恨着的，假如对方过得不好，才能安心。

不知道那个帮她挂窗帘的男人，现在好不好。

依然是秋天，风卷着枯叶落下来，萧颖看着那扇窗户很久很久，嘴角噙着浅浅笑意。

“如果你能忘掉过去，幸福在任何时候到来都不会晚……”

可是，她要怎样才能忘掉关于鹅黄色窗帘的过去呢？有些人，一旦错过了，就真的错过了。这么通俗的道理，她从前竟然不懂。

她黯然地转过身，准备离开，却惊讶地发现在她的跟前，那个英俊非凡的男人正看着她。

时间过得很匆忙，他的脸庞看起来有些沧桑、有些疲惫。

“成魏……”她微笑着，主动跟他打了招呼。

两个人不约而同地前来缅怀过往的时光，心底必然还留有过往的美好。萧颖很高兴他会这样做，不管他的身边是否还有别的女人，至少他的心底，应该还有她的影子存在吧。

成魏来到她的身边，牵着她的手。

她没有拒绝，跟着他的脚步一个台阶一个台阶地往上爬。

她不知道他要干什么，也没打算问。当他从裤兜里拿出一串钥匙，熟练地打开那扇门，她傻在了一旁：“你……你怎么……”

他看了她一眼，嘴角牵出一丝无奈的苦笑。

是的，他怎么会有这间屋子的钥匙呢？他是买下这间房了吗？她依稀记得当初搬家的时候听见房东说准备出售，不打算再继续出租了。

她走进房间，屋子里很干净，但大体环境并无改变，鹅黄色的窗帘依然迎风乱动。

她有一点意外，背对着成魏，问：“你留着这间屋子干吗呢？”

“等你啊……”

她诧异地转身看他，他的脸上带着自信的笑容：“我知道，当你明白自己想要什么的时候，你一定会回来的。”

他以为这番煽情的话会令她毫不犹豫地扑进他怀里，没想到她却皱皱眉头：“你的身边没有别的女朋友吗？”

他茫然地看着她。

“有一次我听见电话里有个女孩子跟你很亲密地说话……”

“什么时候的事啊？”他还是茫然。

“算了。”她将头转向一旁，决定放弃。

令他根本没有印象的女人，她又何必在这个问题上面继续纠缠呢？

然而她的态度，却叫成魏有些抓狂，他看着她，有些急躁地用双手梳了梳头发，问：“萧颖，你到底几个意思？”

见他狂躁不安的样子，她不禁哑然失笑，轻轻踮起脚尖，双手缠在他的脖子上，一个吻落在他的唇角：“成魏，你是个傻瓜，真的好傻好傻……”

未知的未來，然而此刻擁有你

前任

有时候女人的倔强真是叫人匪夷所思，明明是千辛万苦想要得到的人，却偏偏因为旁的原因，矫情地拒绝了。说到底，还说因为爱情啊。可是倘若是连人也得不到的话，爱情还能再有吗？当然是半点机会也没有了啊。

近日，童悦觉得自己很有问题。

嗜睡，浑身无力，还总是恶心干呕，任何事情都无法提起她的兴趣，即便是早就约好了今日要陪成魏萧颖去看婚纱，她也依旧是一副昏昏欲睡、病恹恹的样子。

若非是萧颖的来电，恐怕此刻她还在梦会周公。

但自十分钟之前的那通电话至今，她却依旧躺在床上，半梦半醒状。

萧小姐的催促电话再次打来。

“亲爱的童小姐，我们已经在楼下等你很久了，到底几时你才肯下来？要不我们亲自上来抓人？”

童小姐豁然清醒：“很快很快，再等我五分钟！”

她挂了电话，飞快地蹬开被子跳下床，突然胃里一阵翻江倒海，她快步奔向洗手间，趴在马桶边上呕了半天，却什么都没吐出来。

缓过劲以后，她站起身，用凉水洗了把脸。看着镜中面色苍白的那个女人，皱皱眉，喃喃自语道：“是不是肠胃出了什么问题……”

眼角的余光瞟向挂在镜子旁边用来记录月事日期的日历，忽然大惊失色：“难道，莫非是……”

她掩着嘴，眼里尽是不可思议。

五分钟的时间是变不出一个美人来的。

所以在萧小姐再追了三通电话，大约是二十分钟以后，童悦总算施施然地下了楼。

尽管已经收拾打扮过了，可依然令萧颖皱眉：“怎么回事，才半月不见，怎么憔悴成了这个样子？”

童悦坐进车内，哭丧着脸：“忙工作呢，月底就要交设计稿，可我半点头绪都没有。”

“你从流行色彩着手啊，什么流行你画什么，很容易交差的呀！”萧颖回头看她。

一直沉默开车的成魏笑道：“童悦这次的任务是设计孕妇装，要与众不同有新意，她说她没有经验，半个月以前就给我打电话诉苦了！”

孕妇装！

听见这三个字，童悦真是哭笑不得。她所供职的那家制衣公司，近两年开辟了孕妇系列的服饰，备受欢迎，为公司带来了很大的收益。兴许是看得起她，又兴许是故意为难她，她的顶头上司，设计部的主管林兰小姐，忽然将孕妇装这一课题交给她。

对于一直从事时尚女装设计的童悦来说，这次的工作任务于她而言是比跋山涉水还要艰难。她又没有做过孕妇，哪里晓得孕妇需要什么。

她苦苦一笑，撑着车窗看外面的风景。

一辆公交车从车旁经过，喷过一串烟雾，她不小心吸入一口，顿时五脏六腑一阵倒腾。

“停车停车，成魏！”

来不及了，她拉开自己的包，想要吐，却依旧什么也吐不出来。

“喂，你怎么啦？”萧颖的话刚落，童悦只觉得眼前一黑，就晕了过去。

醒来的时候，童悦发现自己躺在医院的病床上。

她的好闺蜜萧颖守在床旁，眼眶红红的，像是刚哭过。

童悦虚弱一笑：“我没得啥不治之症吧？你这样子好像我快死了一样……”

萧颖摇头，笑着说：“医生说你低血糖，没什么大碍，谁叫你不吃早餐的！”

“我也想吃啊，你们来得太早了！”童悦眨眨眼睛，刚醒来而已，居然又想睡觉。

在一旁的成魏沉着脸，态度冷酷，说：“你怀孕了。”

“哦！”童悦淡淡回应。这是预料中的事。

“你跟柯正分手后就没再交往过男朋友，孩子是谁的？”

童悦没有回答，视线落在一旁。

能讲吗？讲了之后表哥会不会去找他？如果找了他，他会怎么办？娶她还是要她打掉孩子呢？不，他是不会娶她的，他根本就不爱她……他那么果断的一个人，一定会让她流掉这个孩子……

一想到这种可能性，童悦顿时觉得十分恐惧，她猛然摇头："成魏，不要问我，我不想说！"

被她惊弓之鸟般的状况吓到了，萧颖安慰道："好，我们不问！那你打算怎么处理这个孩子？待会儿去妇产科……"

"不！"童悦惊叫起来，她推开萧颖的手，"我不去妇产科，我不要打掉这个孩子！"

"好好好，我们不去！童悦你自己静一静，好好想想接下来该怎么办，但你记住，无论你怎么决定，最后都要告诉我们，行吗？"

"嗯！"童悦点着头，眼睛里已满是泪水。

萧颖与成魏出去了，轻轻关上了房门。

病房内只余童悦一人，抚着依旧平坦的腹部，一想到有个小生命已在自己的身体里成长起来，莫名的幸福感涌上她的心头。

也许是得到，也许是失去，但总归是幸福的。

两个月前的某一天，她接到那个人的电话。

"童悦，我是阿正！"

这个名字令她心头一颤，却还装作蛮不在乎，问："找我有事？"

"我在你家楼下！"

"哦！"

"一起吃个饭？"

"好。"

没有客套，也无须问理由，他和她都是干脆利落的人。

挂了电话，她像箭一般冲进卧室，将衣柜里的衣服一件一件地在身上比画着，脑子里飞快地回想阿正喜欢她穿什么颜色、什么款式。

最后，她挑起一件水绿色的衬衫，下衬一条白色短裙。

柯正看到了一定会喜欢的。

其实他们分手已经很久了，但她一直挂念着他。当初提出分手的人是她，即便是一时冲动，可他竟然同意了。她虽然不太情愿，也很生气，但总不至于要回头再去找他吧。她可丢不起那个脸。

分手后还能做朋友的情侣并不太多，童悦与柯正因为成魏是柯正大学同学的缘故，偶尔还是会有碰面的机会，虽算不上朋友，但至少不会怨恨对方。

可私下单独的约会，却是第一次。

她笑意盎然地拍开他的车窗，他看起来有些颓废，脸上满是青青的胡楂。在童悦印象中，柯正是个很整洁的男人。

似乎他近来过得不太好。

他看着她，笑问："想去哪里吃饭？"

"随便啊，你选！"

"THE ONE？我记得以前你很爱去。"

"也好，分手后，我就再没去过，还挺想念的。"

"为什么？"

"省得触景伤情！"她淡淡地说，"我们曾经去过的地方都没有再去过。"

柯正看了看她，一副很讶异的表情："对不起，当时没想到你会说分手……我以为是你想分手，所以才……"

"分手前半年，我觉得我们的感情出现了问题，我们根本无法沟通，而且对对方都很冷漠，不知道你是否还记得？”

柯正沉默许久，没有说话。

“所以我才提出了分手。”她洒脱地撩了撩头发，笑着说，“省得等你提出来时，我很丢脸。”

这回柯正没有沉默，而是说：“对不起，可能那时候我们之间有些误会。”

童悦笑笑。

其实是不是误会已经不重要了，都是从前的事，已经过去了。

THE ONE是家音乐餐厅，开了许多年，老板很英俊，长得像翻版吴彦祖。

对，这是餐厅留给童悦与柯正共同的印象。

当初童悦为了偷看英俊的老板没少来THE ONE，柯正还因此吃了不少醋。

现在想来，那时候他们真是又傻又可爱。

两人落座后，柯正问：“还是要你最喜欢吃的？”

童悦点头。她的喜好从未变过，无论对人还是事物。

久违的环境，久违的音乐，久违的人。

童悦摆弄刀叉之际偷瞄了一眼自己对面的柯正，刚好他也看着她。

四目相接时，她的心漏跳了一拍。脸上一烧，她故作掩饰地咳嗽一声，笑问：“说吧，找我吃饭不可能就是为了叙旧吧，发生什么事了？”

柯正欲言又止，笑了笑，说：“你过得怎样？”

“还好，每天上班下班，生活比较有规律！”她回答道。

这个人顾左右而言他，该不会是想要再追她回去吧。她心中默默有些小欣喜。

“没交男朋友吗？”

“有朋友介绍过，但没对上眼。”

“是不是觉得还是我最好？”他挑眉问她。

“你呢，是不是觉得我最好才回来找我吃饭？”

柯正咳嗽了一声，歉意地笑笑：“你还是那么狡猾。”

“承让承让！”

在THE ONE吃饭的整个过程，他们都聊着无关紧要的话题，直到走出THE ONE，坐进车内，柯正才皱着眉头对她说：“送你回去？”

“你有别的打算吗？”

他沉默。

她主动说：“去你家吧。”

前任见面，如果不是为了求复合，还能做什么？

她不管了，只知道，她很想他。

那晚其实十分美好，至少在她看来，两人对彼此身体的热情反应，足以说明复合的可能。若非在他的床头，看见了那张被撕碎的请帖。

那是她哥哥成魏的前女友，于茜和别的男人的结婚喜帖。

如今不知被谁撕得粉碎，却又舍不得扔进垃圾桶里。

童悦看了一眼沉睡的柯正，回想起当年。

那时候于茜还是成魏的女朋友，她也同柯正在交往。但柯正对于茜似乎特别好，甚至胜过了于茜的正牌男友成魏。当时童悦并未放在心上，以为是柯正与于茜性格投缘，如今看来，却觉得疑点重重。

后来，成魏与于茜分手，柯正对她也开始冷漠。持续半年后，她受不了这样的生活，主动提出了分手，他接受了。但她记得，当时于茜已经有了新男友。

后来听说，于茜与柯正合伙做起了生意。

原来……

童悦自嘲地笑了笑，她又会错了意。真是好蠢，爱了一个已经不爱自己的男人那么多年，在他失恋的时候，又让自己的身体来安慰他。

她将那些请帖碎片扫进了垃圾桶内，整理好了衣裳离开了他的家。

第二天，柯正打电话给她。

他还未开口，她便略带报复地说："放心好了，我会替你保密，不会告诉任何人，原来你喜欢的人是于茜。"

柯正在电话那旁沉默许久，最后说："谢谢。"

她骄傲地挂了电话，眼泪却止不住往下落。

没想到，那荒唐的一晚，却令她怀了宝宝。

如果这是上天的安排，她决定接受。

出院之后，童悦突然灵感迸发，不过几日便将新设计好的孕妇装稿纸交到了部门主管手里。

林兰看见稿纸以后，赞不绝口："很出色啊，也很有创意！如果这次参赛获奖的话，公司准你一个月的假和巨额奖金！"

"好啊！"童悦甜甜地笑了，"我连产假一起休，奖金用来给宝宝买奶粉！"

"什么？"林兰再一惊。

童悦笑而不语，转身走出了办公室。

她不需要向任何人解释，也不需要父母的谅解，她相信自己能照顾这个孩子一辈子。

肚子一天天地大了起来，她专门请了假，除了成魏与萧颖，不再见更多的人。她让他们为她保守秘密，即便是远在千里之外的父母，也是不能知道的。

成魏是她的表哥，知道早晚有一天要到姑父姑母跟前去负荆请罪，但依然尊重了童悦的决定。可他对孩子父亲究竟是谁，一直耿耿于怀。

有一次，他忍不住问："难道是柯正？"

童悦淡然地看了他一眼，说："我跟他都没联络，亏你想得出来。"

"那究竟是谁？"他不相信童悦是个不自重的女孩子。

童悦淡淡地说："以前谈过一个男朋友，虽然性格不怎么合得来，但他身材挺好，我就把他睡了。"

成魏听了气得直跳脚，他还真没想到童悦这家伙是如此不羁。

只有萧颖懂她，对她说："以后孩子就是我们三个人的，无论孩子的爸爸是谁，都不重要，只要你好，孩子好。如果担心父母责怪，孩子生下来以后，可以跟着我和成魏，就说是我生的。你常来看他也好，跟我们住在一起也好，只要你高兴，怎样都行。"

萧颖的一番话，令她长久以来的委屈决堤而出，她抱着她哭了很久。

成魏见状，一声叹息。

也许是成魏告诉了柯正，柯正知道了童悦怀孕的消息。

他不请自来，开门看见他的时候，童悦有一丝慌张。

她已经怀孕七八个月了，手脚浮肿，人胖得不像话，她想躲却已是来不及。

他进门便问："是不是我的孩子？"

她一刹那很想说是，然而沉默片刻却摇摇头，故作轻松地笑道："怎么可能！我又不是只有你一个男人。"

他有一瞬间很受伤，却又继续问："那孩子的父亲是谁？"

"有必要告诉你吗？"她充满挑衅地着看他，"你是不是管得太多了一点？你是我什么人？"

柯正深吸口气，温柔地说："我们结婚吧。"

她冷笑："开什么玩笑，孩子又不是你的！"

"这不重要。我向你求婚，不是因为孩子。"

"你爱的不是我，我不会嫁给你。"

他痛苦地说："我爱不爱你很重要吗？那你爱我吗？"

她木然回答："我不爱你。"

他脸上显而易见的难过，眼里隐约有泪光闪烁。

怀孕的第三十九周，她平安产下了一个8斤重的男婴。

孩子的父亲究竟是谁，已无须再问，因为眉目之间，早已写满了答案。

成魏抱着孩子，咬牙切齿地说："这事儿，我跟柯正没完！"

童悦知道已无法再隐瞒，便说："哥，我不喜欢柯正。孩子是我自己的。"

成魏还想说什么，萧颖却向他摇摇头，然后对她说："听说最近柯正都不在少城，大概是因为公司业务发展需要，他要常驻外地一段时间。你可以借此机会好好想一想，到底要不要告诉他。我会让你哥暂时保守秘密。但你要明白，柯正他是孩子的父亲，是有知情权的。即便你不说，早晚一天若是他见到了孩子……"

"我知道了，再说吧。"

于是萧颖不再说什么。

童悦松了口气，却也很失落。

她又一次因为任性，放走了自己喜欢的男人。不知道下一次再见他，他的身边会不会有另一个女人的陪伴。

可她已别无选择。她选的人，她选的路，即使错了，也要错到底。

有时候女人的倔强真是叫人匪夷所思，明明是千辛万苦想要得到的人，却偏偏因为旁的原因，矫情地拒绝了。

说到底，还是因为爱情啊。可是倘若是连人也得不到的话，爱情还能再有吗？

当然是半点机会也没有了啊。

谈什么，都不要谈爱情

有的女人一旦有了想要固守一生的爱人，就会彻底地抛却过往，她的心很小，只能容纳一人。

时针指向凌晨五点，方菲菲轻轻合上电脑，揉了揉眼睛，回到洗手间简单地洗漱一番，然后爬上床，缩进被子里。

她的作息时间向来有些混乱。

一个女人，没有男朋友，工作是自由撰稿人，要靠写字为生。由于不太懂得如何健康正确地规划时间，所以通常是有了灵感便去写，写到没了灵感，再去睡。

尽管知道这种写作方式是最为笨拙的，但以方菲菲目前的情况来讲，实在是无力更改。

她不仅晚睡，还常常因为晚睡而失眠，真是有够悲惨的。

这一次，也不例外。

在床上翻来覆去快一个小时，方菲菲果断起身，拿出床头柜里的小盒子，那里面有她所喜欢的精品香薰油，如果没有这些精油，她恐怕很难保证自己在疯狂赶稿期间能够安然入睡。

"洋甘菊这么快就要用完了啊。"方菲菲将精油轻轻滴入熏灯，"明天得再去买了。"

明天，明天还是今天？

窗外还是漆黑一片，可是时针已经指向了凌晨六点。

方菲菲轻吻了一下枕边的小熊抱枕，说："晚安宝贝！"

这是分手之后的生活，她颠倒了生活时针，也将每天晚上吻着张勋入睡变成了吻小熊。

张勋应该过得还好吧，此刻会不会正在和他的新女朋友温存呢？

方菲菲拉过被子捂住脑袋，低咒一声："靠，想毛啊想！"

可是越叫自己不要想，却偏偏要不停地想。

不知道是不是文艺女青年的通病，方菲菲很喜欢怀旧。就算是已经不爱了的人，也总会在孤单的时候想起曾经美好的过往，停在那个时刻的快乐里，会莫名其妙地笑，也会莫名其妙地哭。

方菲菲是个自由撰稿人，在一家名叫"爱情诊所"的网站做兼职编辑，也会写各个文化公司的热门选题来赚钱生活，她的文笔不错，稿费要得也不高，所以能接很多活。

因此，她需要夜以继日地守在电脑前码字。

在这之前，她曾是一名杂志编辑。与张勋，也是彼时认识的。

张勋给人的第一感觉是很斯文有礼的，虽然到后来方菲菲慢慢发现原来她所看到的一切优点都是她的幻想，可是毕竟张勋也在她的幻想里给她留下了美丽的回忆。

第一次见面是在文化公司，他来公司找萧颖。

“小姐，请问萧颖萧主编在吗？”

她抬起头，看着眼前这个卓尔不凡的男子，戴着眼镜，斯斯文文的样子。

“不好意思，萧主编去出版社了！”

“什么时候回来？”

“这个不太清楚，先生你找她有事吗？”

“我是她旧同事，刚回少城，已有许多年没有见到她了，看到她的杂志和介绍才找来的。喏，这是我的名片，请您在她回来后帮我转交给她，谢谢！”

“不客气！”她将名片收起，看着那个男人离开办公室了，才又拿出来。

“啧啧啧……”她喃喃自语，“长得那么好看，那么有气质，我还以为是个画家呢，没想到是开香薰精油店的……”

好吧她承认，她被他的美色所惑，对他颇为欣赏。当然，只是欣赏而已。但却悄悄地记住了他的电话号码。

萧颖回来的时候，她把名片上交，说：“萧老师，今天这位先生来找过你，说是刚回少城。”

“张勋！”萧颖的脸上有一丝欣喜，“他是我过去的老同事，我也很多年没有看到他了！”

“那还不赶紧给他打个电话，多年未见的老同事应该好好聚聚。”最好顺便带上我。方菲菲在心里悄悄地说。

“有什么好聚的，他的行踪和他的事情我们都知道，很多同事早就告诉我了！”

“看来你并不在乎这个朋友……”

“不是不在乎，只是完全没有必要在这个时候去找他了……他曾经锲而不舍地追求过我，我可不想让成魏吃醋！”

“一个曾经锲而不舍追求过你的男人能有那么大的魅力动摇老公在你心里的地位？”方菲菲看她诚惶诚恐的样子，不解之至。

“虽然不能动摇，却会给老公带来麻烦！”萧颖微笑着看着她，“你应该还记得每一个对你说‘我爱你’的男生吧！”

“也许他们会留在我记忆里一辈子，但是绝对不会再动摇我已经有爱人的心！”她说得坚决。

“但是，被你爱着的和爱着你的那个人却不那样认为。你若是爱你此刻的男人，就应该顾及对方的感受，避开和旧情人或曾经的追求者见面的机会。”

方菲菲似乎明白地点点头。曾经的追求者千辛万苦主动找上门来的时候，不是怀旧，而是想要再试一试！萧颖怕的是他的出现会改变她平静而温暖的生活。

有的女人一旦有了想要固守一生的爱人，就会彻底地抛却过往，她的心很小，只能容纳一人。

萧颖就是这样的人。

她对张勋避而不见，是因为早在几个月以前就听说张勋回来了，在四处打听她的消息。

一个失联许久的男人，四处打听曾经追求过的人的下落，不可能只是为了叙旧。

为了安定生活的幸福，她只有冷漠地对待他了。不是她无情，只是每个人的处理方式不太一样，她比较现实，很懂得珍惜当下的幸福。

方菲菲捡起被萧颖搁在她桌上的名片，悄悄放进自己的包包。

既然这样，那她可以理直气壮地争取一下了。

几天之后，方菲菲装作碰巧走进张勋的香薰店里挑选精油，却在看到张勋的那一刻差点掩饰不住内心的欣喜将他的名字脱口而出。

他转过身，看着她："你是……"

不过几天而已，他却已经彻底忘记了她。

她有点黯然，却还是故作镇定地说："啊，我是萧老师的同事，那天你来公司找她，是你叫我把名片转交给她的！"

"哦对不起，因为最近新店开业，一直很忙，所以刚才小姐叫我，一时没有想起来。你好，萧颖呢，她收到我的名片了吗？"

"收到了啊！但是她最近新婚，正四处拜访男方亲戚，所以比较忙，可能没时间联络你！"方菲菲故意将萧颖结婚的事情透露给他。

"结婚？"他似乎很惊讶的样子，"我并没有听说她结婚的消息啊，只知道有个男人一直在追求她……"

"已经领了结婚证，至于喜酒嘛，可能过段时间我们就能喝到了。"

"哦……"他真是不懂掩饰情绪，脸上的失望显而易见。

"怎么啦，你好像不太为她感到高兴啊！"

张勋闻言一怔，脸上扬起笑容，说："没有啊。对了，聊了这么久，还不知道小姐芳名！"

他终于肯问她的名字了，她咧嘴一笑："方菲菲！"

"名字和人一样漂亮。"

"谢谢，过奖了！"

“对了，来我这里是为了找点精油吗？”

女人到香薰店为的不就是挑选适合自己美容与休息的精油吗？她又不是他的旧同事，自然不是为了找他叙旧的。

方菲菲恍然记起买精油是为了掩饰她来寻他的最终目的的，于是尴尬地笑笑说：“我想买点安神的精油，因为写稿，晚上的睡眠总是不太好！”

“好，请随我来！”他带着她穿过一条小长廊，在一个小房间前停住了。

这家香薰店的规模倒是不小，整个氛围安静古朴，在门店后方，还设有专门的单方精油室。

她看着琳琅满目的精油和精美的熏灯，真是瞠目结舌。

方菲菲本质是个比较热闹的人，喜欢一切的不安静，可在这一次却对这样的氛围一见钟情。

不知道算不算是被张勋的美色所惑呢？

张勋手法熟练地摆弄着他橱柜里的香薰，一边摆弄一边说：“方小姐是从事书稿策划的，想必经常失眠，建议你用洋甘菊……”

是的，他所介绍的第一种精油就是洋甘菊。所以后来即便是他们已经分手，她依然将洋甘菊视为生活必需品。

方菲菲欣赏着张勋调配精油的动作也爱慕着他温文有礼的举止谈吐，在她的心中已经完全被他所给她的美好印象而填满了，那天他送给她第一份礼物，是洋甘菊精油！

她推辞着：“不，我怎么可以收张先生的礼物呢，我是来买精油的……”

他笑着说：“一瓶洋甘菊算不了什么礼物，只要你喜欢，随时可以来挑选你想要的精油啊，这就当作是我送的见面礼吧。”

“谢谢张先生！”

“我叫张勋，你是萧颖的朋友，应该也是我的朋友，何必那么客气！”

她微笑着点点头，他这样对自己说，是否代表他对她已经有了点好感呢？她暗自窃喜。

临走之前，她将“爱情诊所”的名片放在了桌角，暗地里希望能够在网站上遇见他。即使他用了别的名字，说不定她也能一眼认出他。

回到家里，她把玩着熏灯与精油瓶却不舍得熏蒸，就这么抱着一瓶洋甘菊傻傻地睡着了。

暗恋有一种难以言喻的幸福与甜蜜，毕竟那个人不知道自己原来偷偷地在想念他，于是无论喜悲都不会让他知道其实她是为了他，虽然得不到，却也不会失去。

第二天，她很想找个借口给张勋打电话，却始终不知道该找什么借口。

她打开熏灯，打算按照张勋所说的那样，放点温水再滴点精油，可是在插上电源的时候，却发现熏灯是坏的。

她有点懊恼，却突然欣喜起来，这不正是个给张勋打电话的机会吗？

她拿出电话，轻快地拨通那个早已牢记在心的号码。

“喂？”

“张勋吗？我是方菲菲……”听见他的声音，她却突然手脚发软，声音也有点颤抖了。

“哦，菲菲，你找我有事吗？”张勋的声音四平八稳，没有她想象中的那种诧异与激动。她有点失望，掩饰不住地淡淡说道，“你给我的熏灯是坏的。”

“坏的？那你现在在哪里？我马上给你送盏新的过来！”

“现在？”她看了看腕表，夜里九点，他现在过来的话，会不会发展得太快了？

“是啊，我刚好在外面，车里刚好有今天送回的一批新的熏灯，我到你家楼下再给你电话吧，你住在哪里？”

听他的语气似乎不容拒绝，她只有在忐忑不安中将地址告诉他。

等待的过程是难以形容的，她常常看到萧颖的小说中描写别人等待的心理，还嘲笑萧颖把等待的人刻画得太过可笑，却没想到今天她会像萧颖小说中的女主角那样，像个傻瓜似的在夜里梳妆打扮。当然，能为自己喜欢的人收拾装扮，其实狼狈中又有点小小的甜蜜。

换好衣服，擦好口红，她静静地坐在沙发上看着电视，心却留在手中的电话上。

终于，电话如愿响起，只不过第二声而已，她就接起了电话。

“我在楼下，你赶紧下来吧！”

这本来就在她的预料之中，她知道他是不会轻易到她房间来的，可她还是特地将房间整理过了。她预估了将来会发生的事，也许最终可能不会发生，却依然希望能做好所有准备。就仿佛与男人约会一定要擦好唇膏一样，因为不知道他下一步会不会吻你。

当她飘然而至的时候，张勋已等候多时。

乍一见到盛装打扮的她，他眼前一亮，目光莹莹闪烁，居然不知道该说什么好，犹豫片刻，这才抬了抬手，提议道：“不如去吃点东西吧，顺便给你挑选新的熏灯！”

“吃东西？”她惊讶地看着他，原来他来是为了带她出去吃东西。

“是啊，你喜欢吃什么？”

“你决定就好了！”她突然觉得自己的气场变得很弱，竟然如此小鸟依人。

这是一家到了晚上依然很热闹的韩国烧烤店，铺面装潢并不十分华丽，却有一种家的温馨。

“你常来这里吗？”坐在烤架旁边，她看着他熟练地将已经调好作料的牛肉放在烤架上。

他低着头回答道：“几年前和女朋友曾经来过，没想到它还活着。”

“它的生命力倒是比你的爱情长啊。”

“是啊。”

“这里充满了许多回忆吗？”她尴尬地笑笑，心里很不是滋味。真希望他带她去的是一个没有特别回忆的地方，这样她就可以给他新的回忆了。

情人眼里容不下一粒沙子，更何况是一整片的回忆。

她喜欢他，所以在她眼里，他就是她的情人，不管他承不承认。这就是暗恋的魅力所在。

张勋抬头看了看方菲菲的表情，仿佛明白了什么，于是说：“这么多年了，回忆再美，也比不过眼前人啊！”

“哄我开心呢！”她娇羞地瞪了他一眼，暧昧在心里慢慢蔓延。

“嗯，是啊，哄你开心啊，可我为什么那么想要哄你开心呢？”他微笑着看她。

方菲菲有些捉摸不定，他这话的意思是？她有些不太自信，毕竟今天主动打电话的人是她……

或许他是个情场高手，一眼看穿了她的心思，所以才迎合她的话。

想到这里，她有些难过，叹了口气，认真说："张勋，我玩不起感情游戏，如果我们不能认真地对待彼此，还是做朋友比较好！"

没想到她这么干脆，一语揭穿，张勋难掩尴尬地笑道："对，总要有个互相了解的过程……来，这里的朝鲜冷面味道不错，要不要尝尝？"

"好啊！"既然他改变了话题，她也乐意配合。

但愿他是真的喜欢她吧，她对自己不是那么有信心。

吃完消夜回到家里已是凌晨一点，张勋将车停在她家楼下，她欲开门下车，他却拉住她的手："菲菲，给我个机会。"

"你不是吧！"

"我认真的！"

"我要上楼了！"她从来没有像现在这样惊慌失措过，即使是当初程昱在教室里强吻了她，她也没有像现在这样只想逃。

这大概就是真正爱上别人的感觉吧，她不过是个比较善于纸上谈情的人，对于实战，却没有多少经验。

这天晚上，他原本是送熏灯来的，她原本是想继续暗恋的，却没想到他那么快就大胆地表白。

她其实很想问他，到底他回来找萧颖是不是因为还爱她呢？可是又觉得多余，毕竟萧颖已经结婚了。

躺在床上，她看着床头那盏熏灯，依然是坏的。

送灯的那个人，又有机会找她了。

几天后，张勋仍然借口送熏灯约她吃饭，这次是真的给她换了新的熏灯。

“熏灯跟人是一样的，你只要认真地对待它，它自然会回报你温柔的香味，给你一个甜美的睡眠！”

“这就是安全感？”她困惑地看着他。

“是，所以，接受一个能够给你安全感的男人，对你而言应该不太难吧？”他定定地看着她，眼神里不容许她继续躲避。

“你的话为什么总是那么让我心动呢……”

“因为你喜欢我！”他看着她涨红了脸，轻轻吻上她的唇。

这是他们的第三次见面，却仿佛已经认识了一个世纪那么久，她那么爱他。

到了后来他们出双入对，关系发展得非常顺利。

但她依然不太自信，总觉得张勋与她在一起，有着不可告人的目的。她一直期望着有一天能够证实自己的猜测，是错的。

那一天，终于来了。

那天是萧颖的婚礼，她很美，是方菲菲见过的最迷人的新娘。她给自己找了借口，因为萧颖的美丽，所以张勋才会目不转睛地看着她。

“恭喜你！”张勋的声音十分落寞。

方菲菲饱含醋意地看着新娘子。

反观一对新人，却是神态自若地接受他们的祝福。

那天的婚宴她并不开心，言语刻薄，举止傲慢，表现得就像是新郎的旧情人，她的失态甚至引来了一桌同事的玩笑。

张勋问她怎么回事，她只说自己身体不舒服。

喜宴刚结束，她就拖着张勋回到家中，刚进家门就转身给了张勋一巴掌。

“你干吗？”张勋突然莫名其妙地被打了一巴掌，还未搞清楚状况，方菲菲已抄起沙发上的枕头向他扔过去。

“疯了啊你！”

“是啊，我是疯了！你刚才那样看着萧颖，是不是怕新郎看不出来你曾觊觎过他老婆啊？你千里迢迢地回来找萧颖，不就是想追她回来吗？没想到她不愿意见你，所以你才找了我……”

“你在胡说八道什么！八百年前的事情了，你还拿出来讲！”

“因为都是事实！”

“我回来不是为了找萧颖，对，我曾经是喜欢过她，但那是很久以前了。我们现在已经在一起了，还需要为从前的一点小事而争吵不休吗？”

“不需要吗？女人在乎的是每一个小细节，男人若是在乎对方就会同样在乎对方所在乎的一切。你觉得不需要，那只能证明你根本不爱我！”

“什么乱七八糟的狗屁理论，你都是在哪里看到的！”张勋满脸疲惫地坐在沙发上，撑着额头。

“萧颖啊，你的萧颖写的爱情理论！”方菲菲恨恨地看着他。她恨他，恨他曾经喜欢过那么优秀的一个女人。在萧颖面前，她觉得自卑，所以她根本不会相信，爱过萧颖的男人会喜欢上平凡的自己。

“你太敏感了，什么我的萧颖！人家今天结婚！”

“对啊，正是因为今天结婚所以你才会对我发火！”

“我什么时候对你发过火！”他忍不住提高分贝。

“没有吗？那你现在做的算什么？”她冷笑着看他。

他也看着她，眼神似乎很受伤，继而变得冷漠又陌生。

她心中有些胆怯，开始后悔方才自己的过激反应。

“你简直不可理喻！”

说完，他起身进了书房，“砰”地关上门。

今天张勋不用去香薰店，新请的几个员工都很聪明，况且还有店长李玲玲。李玲玲是他的助手，自从他从杂志社辞职出来准备开香薰店，李玲玲就一直跟着他，虽然表面上来看，他是老板，但就工作内容而言，他们之间的关系更像合作伙伴，所以即使他完全将香薰店交给她管理，也是没有问题。

开了电脑，张勋去了一个关于爱情占卜的网站，这家网站名叫“爱情诊所”,做些帮人解决情感难题的活计。

这个网站是李玲玲介绍的，一开始他只是觉得上头发布的恋人故事挺有意思，就默默收藏了。那次是从方菲菲处得知萧颖要结婚的消息，尽管十分失落，但却也是意料中的事。

即便是他无法接受，却也不敢再去打扰萧颖平静的生活，

他在“爱情诊所”的留言箱丢了一封私信：“我爱的人要结婚了，想见她却无法联系，只是想再见她一面，没有别的意图，该怎么办？”

不多时，就有了回应。上头只有一句话：“从她身边的人开始。”

于是他才开始追求方菲菲。他的目的很简单，就是想知道萧颖过得好不好，也只是想看看萧颖的老公到底是什么样子的一个人。

他对萧颖的爱，还真是有点卑微。

而他对方菲菲，尽管一开始抱有其他目的，但到如今，却是希望能好好爱她，即使是今天参加婚礼，也是将菲菲放在了心中最重要的位置。

只是未曾想到，方菲菲早就料到了他接近她的目的。可为什么知道了，却还要同他在一起？

他又一次给“爱情诊所”留言，将事情的前因后果写了一遍。

可这一次，没有等到回答。

他抽了两支烟，决定不再等别人告诉自己怎么做，果断打开房门，但方菲菲已经离开了。

他无可奈何地关掉电脑。

张勋其实很懂如何哄女人高兴，但到方菲菲的家里来，却是百般不情愿。

他很奇怪自己的感受，难道他还不够爱她吗？那他为什么又要到她家里来？

不知道，或许是出于责任感，这件事是他搞出来的，总归要他来解决。

“对不起。”他说，诚恳又认真。

“我们以后都不要再提她了！”她抱着他，心里五味杂陈。她明白这一次的问题在于自己，她是因为嫉妒萧颖，所以才借题发挥，对张勋发了脾气。

她嫉妒萧颖什么呢？萧颖比她漂亮，比她出色，比她有成就，还有那么多男人爱慕她。

而方菲菲，只是一个长相普通、文章也很普通的作者，在爱情方面，更是低她一等。她的男朋友，甚至是因为萧颖才来到她的身边。

一开始，她在网站上没有认出张勋来。但在刚才，她看到了他的留言，根据两条问题的内容和时间来推断，那个ID就是张勋。

不能怪他，是她教他这么做的。

她抱着他，眼泪默默流下来，然后她听见他说：“我们以后都不提她了！”

张勋给了方菲菲这样的承诺，也坚信自己可以做到。可他没想到方菲菲会因此而将工作辞掉。在萧颖给他打来电话之前，他还完全不知情。

那天他在香薰店，李玲玲刚将客户订单交到他的手上，他还来不及查看，电话就响了。

是个陌生号码。

“喂，哪位？”

“萧颖。”

虽然感觉已经释怀了，可是接到她的电话仍然让他无所适从。

“颖姐，有事？”

“方菲菲辞职了你知道吗？”她的语气并不太好，“那天我收到她的辞呈，还来不及挽留，她就已经收拾东西走人了，后来我给她打电话，她也不接。她是不是心里有什么误会？”

尽管萧颖已经说得十分委婉，但张勋已猜到了方菲菲可能对萧颖说了怎样的话。否则，萧颖不会给他打来电话。

“颖姐，不好意思。”

“没事，你跟我说什么不好意思。我只是想通知你一下，方菲菲平时就比较敏感。总之你多疼疼她，对她好一点，她会明白你的心意的。”说完，她就挂了电话。

张勋完全没有心思继续再看订单，将单子交给李玲玲，说：“你来安排吧，我有点事情需要处理！”

“好，您忙您的，有事我再跟您联系！”

回到家中，方菲菲正在厨房里做饭。

他轻声问道："你在做什么好吃的？"

菲菲看着他甜甜一笑："刚跟妈妈学的八宝南瓜！"

"那么巧，正好是我爱吃的！"

"笨蛋，你告诉过我啊！"她用小勺浅尝了一下，皱皱眉头，"哎呀，味道好像不是特别好，怎么办……"

他怜爱地搂着她的腰，温柔地说："谁做的都没你做的纯正！"

她拉开他的手，笑着说："好了好了别肉麻了，吃饭了吃饭了！"

看着她将菜一盘盘放在桌上，围着围裙俨然一个家庭主妇，他不禁哑然失笑，这个单纯的小女人真是不解风情。

如果将她娶回家，未尝不是一件好事，但是，如果她一直都疑心自己是否还记挂着别人，恐怕日后的生活也未必幸福。

看着满桌美味，他突然失去了食欲。

他看着她依然忙碌的背影，终于问道："菲菲，为什么要辞职？"

方菲菲搁下碗，回过头看着他。他怎么知道自己辞职的事情？

"萧颖告诉你的？"

"你别管谁告诉我的，你只需要回答我为什么辞职！"

"一定是她告诉你的，你们见面了？还是打电话？"

他有些生气，她的疑心病真的很严重。

"你不是说以后再也不提她了吗，为什么你们还要联系？"她不明白，难道男人的承诺真的像萧颖说的那样比纸还薄？

"我有提她吗？每次都是你在提。你为什么总要怀疑我跟她呢？她已经结婚了，你这样是对她的不尊重！"

“我不尊重她？你是在为她鸣不平吗？”她忽然哭了起来，越哭越是歇斯底里，抓起锅铲便向他飞来。他慌忙躲闪避开了。然而接着飞来的是碗、筷子。他只好躲到门外去，看着她抱着双肩蹲在一堆废墟里哭，张勋疲惫地叹了一口气。

他感觉很累，第一次发现维持这段感情有些力不从心。他要的是一个懂他、信任他的女人，而不是只知道一味说爱他却不断地用行动来告诉他，她在怀疑他的那种女人。

“别哭了，明天我要出差，公司有些事情需要处理，我们也好借这段时间都彼此冷静一下！”

她依然在哭，他尝了尝桌上的八宝南瓜，味道还不够甜，甚至有一点点咸，像她眼泪的味道，他淡淡地说：“也许再加一点糖会更好些！”

说完，他什么都没有收拾就离开了。

这个家，多待一秒都会让他感觉呼吸困难。

回到香薰店，他对李玲玲说：“帮我订机票，下午就走！”

“这么快？”

“早点离开好，否则没法继续过了！”

李玲玲张了张嘴，想说什么，最后却什么都没说。

张勋笑了笑，就连他的得力助手都已经放弃劝慰他了。

在去上海的班机上，他遇到了一个奇怪的女人。她安静地坐在他的旁边，眼睛看着窗外，可是眼泪却簌簌地往下落。

他轻轻递过一张纸巾，这必然又是一个为情伤心的女人。

“谢谢！”

“不客气！”

他们的交谈仅限这一句，从少城到上海，漫漫旅途，男人沉默，女人哭。

前排后座都以为是小夫妻吵架，谁也不敢劝。

当他走出机场的时候，却发现她跟在身后。

“小姐，你这是……”

“我可以一直跟着你吗？在上海我没有朋友！”

“我也是来办事的，过几天就要走。”他把话说得很清楚。

“好啊，我也只是想要跟这几天而已！”她美丽的脸上写了太多的憔悴，让他不忍心拒绝。

“我叫张勋！”

她低声说：“叶欣然。”

她两手空空，没带任何行李，恐怕也是与他一样被爱所伤，所以仓促逃离的。

“那么，现在我们先去订个房间！”

他以为这样说她会畏惧，却没有想到她居然点点头，说：“一个房间就好，我们可以住在一起！”

他没再说什么，她的意思他很清楚。但他今天无论如何也不会碰她，对待一个哭了整整两个小时的女人，他可不忍心。

这一晚，他们就这样安静地睡在同一张床上，各自未语。

第二天一早，他要去香薰总公司办事，她依然沉沉地睡着。他留了个电话号码在床旁，也放了一些钱。

可等他回来时，却发现她还在睡。

她蜷缩在被子里，很小只，眼角带着泪痕。

他不明白，究竟是什么样的男人会让她伤得这么深。

晚上的时候，他接到方菲菲的电话，她告诉他，她把属于她的东西都搬回家了。

他简单地“哦”了一声，然后两人沉默许久，挂掉了电话。

叶欣然洗完澡出来，静静地看着他：“去洗澡吧，今晚跟我睡。”

虽然知道这是早晚会发生的事，但从眼前这位看似弱不禁风的女子嘴里讲出来，他还是有点胆战心惊。

“喂，你……”他想了半天，最后说，“你理智点，不要做傻事，好男人多的是，别为一两个人渣而放纵自己。”

她捏着胸前的浴巾，石头一般定在那里。

张勋抱了一个枕头，倒在沙发上，吊儿郎当地说：“世界那么大，伤心人那么多，不可能每一个都以堕落的方式来惩罚伤害你的人。”他歪头看她，笑着说，“况且，人家都不爱你了，你还为他寻死觅活的，值得吗？好好爱自己吧。”

说完这话，他转头对着沙发内里，呼呼大睡起来。

其实方菲菲并没有想过真的要与张勋分手，可是当她几天之后经过香薰店，看见张勋身旁站了一个身材高挑、模样清纯的姑娘时，她走了进去。

看见她，张勋显然一怔。

方菲菲笑着问他：“你什么时候回来的？怎么没有打电话给我？”

张勋没有回答，他身旁的姑娘笑着问：“这位是……”

方菲菲正要回答，张勋已抢了话，淡淡地说：“一个朋友。”

一个朋友？

方菲菲冷冷一笑，点点头，然后对李玲玲说：“我的熏灯坏了，麻烦你给我换一个！”

“这次换个陶瓷的吧！换成熏炉就不会那么容易坏掉，电熏灯很难控制电压的变化，所以时常会坏掉！”李玲玲拿出三个熏炉给她。

“什么名字？”

“圆柱形的叫刚直香薰陶瓷炉，螺纹形的叫宽容香薰陶瓷炉，天球形的叫宁静香薰……”

“就要螺纹形的吧，宽容一点好……”

张勋和叶欣然站在她旁边，看着她接过李玲玲手中的熏炉。

“多少钱？”

张勋赶忙说：“不要钱！”

方菲菲没有理会他，只是将钱放在收银台上，什么也没有说，就这样离去了。

她的背影倔强又孤独。

李玲玲叹了一口气。

叶欣然闻声侧目，有些于心不忍，问：“你是想让她误会你是一个烂人吗？”

张勋淡然一笑：“她没有误会，我本来就是个烂人。”

情书

很多男人都希望能拥有许多崇拜者，可是真的走到了这个被人崇拜的位置之后，却又觉得高处不胜寒，不如在人间。

我叫曾汉，是一档知名电台节目的主持人。

我有很多崇拜者，也不缺女人，可我总觉得此生似乎只爱过一个女人。她并非我的妻子，也不是我的情人，我从未得到过她，但她却停留在我的心里，从未离开过。

她是我生命的绝大部分，而我，只是她生命里最小的一部分。

五十年前，我们出生在同一条巷子。如今那几条巷子依旧还在，并被当作了这座城市的城市名片，非常完好地保存着。现在我也时常去那里，民宅都被打造成了商业区，尽管繁华胜过从前，却再也没有我们少时的那般烟火味。我们那时候啊，大人们一旦有闲，又不想出门，就摆张桌子到屋檐底下去，泡上两盅盖碗茶，就能引来三五个街坊邻居，聊天打牌，一混就是整个下午。小孩子们更是不必说，永远都不会感觉到无聊，巷子里的一切都充满了神奇的快乐。我们可以玩捉迷藏，玩陀螺，滚铁环，玩各种有趣的游戏。

那时候物资缺乏，百废待兴，但似乎大家都过得还不错。

我常常怀念过去，便独自一人开车去老巷子喝茶。

老巷子里有许多新式客栈，看似古朴，内部却十分洋派。如今的年轻人做生意还真是了不起，将传统文化与西式文化结合得如此天衣无缝。

外面淅淅沥沥地下着雨，这城市的雨季到来了。

龙堂客栈是一座古色古香的客栈，外部结构完全是木质的，可是内部结构却是完全西化的，比如，有马桶的洗手间，有吧台的咖啡馆，还有服务周到围着粉色围裙的服务小姐。

只是这边有个堂屋，高高的门槛，高高的屋顶，看起来有些骇人，老外们最喜欢坐在那里面看书。

今天我也坐在那里，并不是因为我喜欢，而是茶馆被一群年轻人霸占了，他们吵吵闹闹的感觉像是开会又像是聚会。这也是见惯不惊的了，龙堂客栈常常会组织人出去旅游露营，当然这些大多是孩子们的爱好，我从来没有去过，也没有时间去。

抱着茶盅，我坐在堂屋的书架前，选了一本书，思绪却又回到以前。

不知道她现在过得好不好，也许儿女已经成群，是否会偶尔想起我……这个老朋友。

我给她写过很多情书，从小学到大学，算起来应该可以装订成一本通史那么厚，可是她，从来不曾回应过我的爱。

她叫成碧君。

三十多年了，她离开这座城的时候才十八岁。

我与她同年，出生的时间比她早了几分钟。我们家与她的家仅一墙之隔。

当我们哇哇大哭相继落地的时候，我们各自的祖母相互上门道喜，甚至还想为我们定下娃娃亲。可由于时局不允，双方的父亲担心娃娃亲这种封建余毒最终会害了我们，并未同意。

那个时候，我们没有好吃的，没有好穿的，大人们整天都在思索自己的成分问题，哪里还能尽责地照顾我们，更不会像现在的家长一样把孩子当宝贝，捧在手里含在口里。

但我和碧君相互照应，泥里生，土里长。

碧君非常依赖我，总是拉着我的手，我到哪里，她到哪里。那时候的我，个子已经比她高出了半个头，又以哥哥自居，所以保护她是天经地义的事。

我们还有个小伙伴，是隔了三四间屋子的叶品德。他时常欺负碧君，然后每一次被我发现，都会被我揍得鼻青脸肿。

儿时的快乐是刻骨铭心的，我们这样的铁三角，无论是干坏事还是好事，都十分积极，缺一不可。

叶品德这小子长得眉清目秀，看起来比我要帅一点，这是上了初中以后，我才发现的事情。

初一暑假，叶品德神秘兮兮地跑到我家来，告诉我他有喜欢的女生了。

我漫不经心地问：“谁？”

“你猜！”

“有病，大男人猜什么猜，跟个娘儿们似的。”我个子比他高，身材比他魁梧，常以“大男人”自居。

他俊俏的小脸上有了少许尴尬的神色，快快地对我说：“算了，没有！”

“不是吧，我才说一句话就把你吓得不敢喜欢女生了？”

“你有没有喜欢的女生？”他突然小心翼翼地问我。

我斜睨他一眼，傲慢地说：“当然有，哥从小就喜欢碧君。”然后紧张地看着叶品德，“不许说你喜欢的是碧君，碧君是我的！”

他的脸色有些难堪，大概估计自己打不过我，于是撇撇嘴说：“什么眼光！我才不会那么没水准。”

“你说谁没水准？”

“没，没有……啊……啊！救命！”

那小子又一次被我痛揍了一顿。

自从那次被叶品德勾引得把内心的话说出之后，我就开始筹划怎么让碧君成为我的女朋友。

我告诉叶品德，追女朋友这事他必须帮我办到。我算是个小流氓吧，因为比同龄人高大，他们也愿意服我的管束。叶品德是个小矮子，长得比我俊俏又怎么样，还不是屁颠屁颠地跟在我后面。

上了初中以后，我们都已懂得男女有别，碧君也很少和我们两个男孩子一起瞎玩了，顶多就是早晨和我们一起上学，下午和我们一起放学，除此之外，她就躲在家里看书写字。

我父亲常常恨铁不成钢地骂我：“你看看人家碧君，人家回来就知道写作业看书，你呢？调皮捣蛋什么都有你，学习成绩却是一塌糊涂！”

我面上尽管表现得吊儿郎当，心里却在笑着说："碧君这么好，早晚还不都是我老婆。"

反正，碧君是我们那条巷子里最好的孩子，也是大人们最喜欢的孩子。

可是我们谁也不嫉妒她，因为我们都喜欢她。

上初二那年，我正式开始追求碧君。

在一个夏日午后，我们刚放学，在课堂上写了"我喜欢你"四个字的小纸条已被手心的汗弄糊了，叶品德提议说，可以在上课的时候由他递给碧君，我没同意，下课以后，我跑到学校门口拐角处等着，待打扫完毕的碧君经过再拦截她，向她表白。

可我的勇气却在叶品德和碧君有说有笑走来时，一泻千里。

碧君瞪着我，一本正经地说："曾汉，今天老师安排我们打扫卫生，你为什么要偷跑？"

我偷跑？我偷跑了吗？我只是为了躲起来向她表白而已，我……

"明天我会告诉老师的！"

还不等我回过神，碧君已经拉着叶品德那个矮子走远了。

搞什么，就是没有打扫卫生而已，居然也要告老师？我心里一怒，愤然扔掉手中的纸条，暂时放弃了表白计划。

回到家，我赶紧写作业，写着写着就又想起了碧君。下午的我，也太沉不住气了，不该赌气扔了告白的纸条。

越想，就越觉得自己做得不妥，于是萌生了要给碧君再写一封情书的想法。

可是提起笔，绞尽脑汁，我却也想不出什么内容来。

那个时候没有现在方便，现在随便拿一首歌就可以作为情书来糊弄人。

想了一半蜡烛的光景，母亲催我洗脸睡觉，我赶紧提起笔抓紧时间写下了——“希望与你一起共创美好的明天，我们的革命一起努力！”

自我感觉写得不错，但我很㞞，没有写她的名字也没有落下自己的名字。

晚上，想着碧君酣然入眠。梦里，她已成为我的新娘。

第二天，我将情书塞给叶品德，叫他帮我递给碧君。

我则躲在自己的座位上，偷偷地瞄着叶品德与碧君的一举一动。碧君拿到纸条，我的心一下子提到了嗓子眼，没想到她却根本不看情书的内容，反而扔进垃圾堆，顺便骂了叶品德一句：“有病！”

天啊！好险。

她以为是叶品德写给她的情书。

我在叶品德要供出我之前捂住他的嘴巴，然后笑着说：“碧君，我把品德拖出去教育一下，他又惹你生气！”

我威胁叶品德不许将那字条是我写的这件事告诉碧君，他咬咬唇，竟然没有反对。

想来，他也算是很有义气！

从此，叶品德成了碧君极为讨厌的人物。碧君甚至不愿与他一同上学，她又回到了我的身边。

但我们的话题却总离不开叶品德。我不明白为什么，碧君明明讨厌叶品德，却总喜欢问我关于叶品德的一切事情。

我就故意将叶品德的种种糗事都说出来。

看着碧君面露嫌弃，我在内心对兄弟说了一万次对不起。

在碧君眼里，我是个极为幽默的人，她常常被我逗得开怀大笑。

“话说三国时候，刘备一米六的身材站在关云长一米九的身材旁边相形见绌，于是刘备教唆张飞去买来一把大斧头，随时准备在关羽犯错的时候砍掉他的双腿。刘备是何其狭窄的一个人，所以总是处处暗算关云长，表面上还要装作大仁大义的样子，我们所知道的‘鸿门宴’‘单刀赴会’‘过三关斩六将’等等都是因为刘备的嫉妒而造成的……当然我是这样猜测的，本故事纯属虚构，如有雷同，纯属巧合。”

她对我说：“曾汉，你好幽默，以后可以试试去讲讲评书、说说戏什么的。”

“嘿嘿。”我得意得很，对于她的夸奖我从来都是照单全收。

“但是呢……”她又笑着说，“鸿门宴是项羽和刘邦，与关羽无关的……哈哈哈。”

她的笑点实在太低，就这样一个笑话，也令她笑到肚子疼。

这大概就是我爱她的原因，明明懂得比我多，却愿意听我瞎吹。

尽管碧君不太搭理叶品德，但她并不排斥他的出现。可即便是他出现了，她也是将他当成个隐形人。

我问过碧君，为什么那么讨厌叶品德，她说没有为什么。

其实我知道，就是因为那封情书。

上了高中之后，我们三个还是在一个班。碧君与品德之间的关系也改善了，似乎又恢复到从前那种快乐和谐的朋友关系，那是因为品德找了个女朋友，一个挺娇小的女孩子。

我这才留意到，品德长高了，也很强壮，我俩身高不分伯仲。不过，他依然比我俊美。

我不可能再像以前那样动不动就捶叶品德一顿了。

他的性格有了变化，不会再那么懦弱。而我，也不再那么霸道。碧君也变了，温柔文静，对品德不再冷冰冰的。

高中三年，我终于将勇气培养好了，写好一封情书，偷偷地塞进了碧君的书包。

经过这么多年，碧君早已经认出了我的字，但我这一次，还是署名了。

这封信我还记得这样写的：

成碧君同志你好：

首先对你致以革命同志的问候，伟大领袖毛主席教导我们说，抓革命促生产，一定要打倒走资派。碧君同志，我与你从小到大建立了深厚的革命友谊，我们之间的缘分是上天注定的，是在伟大的毛泽东思想的滋润下形成的，我决定将我的一颗红心献给你，请给我一个机会，让我们在伟大的毛泽东思想下，高举红宝书，打倒走资派，让我与你一起共同为建造美好的社会主义国家而奋斗……

此致敬礼

曾汉

为什么我会对这封信记忆犹新，因为那是我绞尽脑汁花了两天的时间才憋出来的文章。

我忐忑不安地等待碧君给我消息。我的结局不过两个，要么成为碧君的男朋友，要么成为碧君的敌人。

然而，碧君并没有拒绝我，也没有回应我。

我们之间仿佛没有那封信存在一般，碧君对我像从前一样。

我以为那封信她没有收到，于是又写了一封，这一次，我放在了碧君的上衣口袋里。当然，是趁碧君午休的时候放的。

结果，第二天碧君的妈妈就找上门了。

她对我妈妈说："你们家曾汉小小年纪就不学无术，只知道谈情说爱，可不要影响我们碧君，碧君马上要跟着她爸爸到北京去了，在那边她会有很好的发展……"

这封信是碧君妈妈在为碧君洗衣服的时候发现的，碧君被关在屋子里哭了几天。

父亲将我痛揍了一顿之后，就再也不许我与成碧君说话。

品德和他的女朋友分手之后，便频繁地行走于我和碧君的家，为的只是帮我鸿雁传书。

可是无论我给碧君写多少信，碧君也没有回我一封。

我问品德，品德说碧君看了就收好了，什么也没有说。

我在墙的这一边相思成灾，碧君在墙的那边做什么呢？

我突然很恨这个时代，恨碧君的父亲为什么是个前途无量的公务员，恨碧君为什么不肯给我回应、给我答复。

我想在学校和碧君交谈一下，可是碧君自从收了我的情书以后就再也没有来上学。半个月后，碧君举家搬迁到了北京。

一个月后，我收到了碧君写来的信。

曾汉：对不起没有回你的信，因为家母的原因，所以我必须与你划清界限。可是实际上，你永远是我的好朋友……

这只是重点内容，具体零零碎碎的东西大概就是她在北京的生活，看来她过得很幸福。

从此，我们的情书变成了普通的朋友之间的信件，再往后，我寄出去的信再也没有回音。

而我，也考上了某个知名广播学院，离开了这里。

我与碧君失去了联系，后来因为种种原因，品德家也搬走了，从此，我们三个失去联系。

后来我大学毕业，带回来的行李有一半是书籍，而书籍的一半就是我写给碧君的信。我对碧君的爱已经到了痴迷的程度，我承认我只是对过往时光的一种怀念而已，而实际上，碧君在我脑海里的印象只是那个捂着小嘴笑的傻女孩而已，长大后的模样却渐渐模糊了。

父亲开始为我张罗婚事，但我拒绝包办。

于是我沉醉于工作，沉醉于我的播音事业，直到小有名气，每天都收到许多听众的鲜花与信件。

其中，有的女孩子会在信里放一张自己的照片，我就是在这些信件里找到了秀如的照片。

第一次看到秀如的照片还以为是碧君，但仔细一看，还是可以分出两人的区别。碧君的脸型小一些，秀如的脸型要偏大一点；碧君的额间有颗痣，秀如却没有。

秀如比碧君好的一个地方是她有一头乌黑的长发，将她的脸型和修长玲珑的身段修饰得很美。

秀如是个大学生，她说她每天都要听我的节目才能入眠，我的节目、我的声音让她能解读到我的内心。

她喜欢给我写情书。

那封打动我的信很肉麻。

曾汉你好，我是S大文学系的一名学生，非常喜欢听你的节目。你知道吗？你是我们班所有女生的偶像，我们几乎每天都要在你的声音下才能进入美妙的梦乡。在梦境里，我常常遇到你，可是却无法看清楚你的模样，我们都幻想着与你做朋友，或者更进一步地幻想成为你的女朋友……我不知道有没有机会与你成为朋友，先附上照片一张，希望能尽早收到你的回信。

祝安

方秀如敬上

也许是她的诚意打动了我，也许是她的照片打动了我，她是我今生唯一一个回了信的听众。我们通信的次数多了，秀如就主动提出要在电话里与我交谈。

第一次通电话是我给她打过去的，她接电话的声音那么激动。

“曾汉吗？”

“是我！”

我低沉的声音刚穿过话筒，电话那头的她已经炸开了锅：“天啊，真的是曾汉给我打电话来了……”

我知道，她在向她的室友炫耀。

“秀如，我们能见一面吗？”

“好啊好啊，在哪里？”

“我到学校门口来接你吧！”听她的语气像是灰姑娘，而我只有努力扮演好我王子的角色。

“真的吗？”她惊呼出声，接着就着急地跟我说再见。大概是化妆去了吧。

当我从学校门口接到秀如的时候，她的身后还跟着一群女孩子。

我心下骇然，不会是要一个人与一群人约会吧？

秀如走到我的面前，说："她们是来要签名的，签完了她们就走。"

很多男人都希望能拥有许多崇拜者，可是真的走到了这个被人崇拜的位置之后，却又觉得高处不胜寒，不如在人间。

秀如就是将我如神一般地崇拜，即使是我亲吻她，对她做出不礼貌的举动也是一副心甘情愿的模样。我承认彼时，我很禽兽。

我就是控制不住自己，因为秀如的那张脸实在与碧君太为相似。

她不是我的第一个女人，在大学里，我就交往过几个女朋友。可是没有一次分手的时候不拿死来威胁我。

秀如却不同，她很少会打电话来烦我，只是依然每周一封情书寄到台里，偶尔与我出来约会还是像初见一样的纯真。

曾经我想过此生就这样孤单算了，得到的我已经得到过了，没有得到的，这辈子大概也没机会得到。

可是秀如的出现却让我突然想结婚了。

在我们认识后的第三个月，秀如的大学生涯结束了，我捧着一束鲜花很俗套地在大学门口当着来来往往那么多学生的面，向她求婚。

她痛哭流涕地接过我的花，从此我们都结束了单身生活。

婚后的生活并不是我们曾经所想的那样安稳，我也曾爱过秀如。但日子慢慢走过，也觉得平淡如水没有激情。

我们之间的话题也越来越少。

但秀如是个贤妻，她很懂持家。我们家的房子从60平方米换到了130平方米，再由130平方米换成了460平方米。

由福利房发展到商用房，再由商用房进化成了别墅。

朋友都羡慕我有一个勤俭持家的妻子，还有一个乖巧懂事的女儿。

我女儿是在我们结婚后第二年出生的，出生之后就交给了我妈带。

我担心秀如太年轻不能带好小孩子，而爸爸妈妈以为我们想过二人世界。

孩子到了七岁的时候才回到我们的身边，那个时候她已经喜欢到处翻箱倒柜找吃的了。我原本将那一大包情书塞在柜子的最底层的，搬家的时候秀如也未能发现，直到孩子提着这大包信件走到她妈面前，这包信件才公开。

秀如当时把事情闹得很大，我没想到一个人民教师怎么可以如此没有修养。

她在我父母面前哭诉，朋友来一个也哭诉一个，还每天逼问我成碧君的下落。

成碧君的下落我也想知道啊！但是谁能告诉我呢？

从那以后，秀如就变得像个泼妇一样神经兮兮，这个家只有偶尔才能有点宁静。

我能理解秀如的心情，毕竟几十年来丈夫的心里藏了另外一个女人，她又怎么能够接受呢？

于是我烧掉了那包信件，向秀如承诺，此生此世，只有方秀如一个人可以住进我的心里。

我在别人的眼里是爱情专家，是一个豁达直爽对什么都看得很透彻的智者，而实际上，我的婚姻生活并不幸福。

女儿十五岁的时候，我认识了李意灵，我生命里占据另外一小部分房间的女人。

李意灵是我们单位对外招聘的时候引进的人才，原本是让她主持一档娱乐节目，后来因为节目部主任的侄女走了后门托了关系，才将她替换下来，安排去深夜档的性爱节目。

当时宣布让她调任的时候，她的脸已经完全红了。我明白这对于一个大学刚毕业的女孩子来说，的确残酷了一些，于是我走上前拍了拍她的肩膀。

当她转过头用崇拜的目光看着我的时候，我的心里已经猜测到，我将会和这个女孩子发生点什么。

“曾，曾老师！”她有些紧张。

我笑了笑：“不要叫我老师，叫我的名字吧，他们都叫我汉哥，你也这样吧！”

我转头对主任说：“没有带她的主持人吗？毕竟是新人，不能让她就这么去负责一个节目。”

“我们有请专家的，她去只不过应付一下而已！”

我看着她，想从她的眼睛里找出点什么，比如自信。可是没有，于是我说：“不要害怕。跟我来我的办公室，我给你听以前的几档节目，你不一定要学他们的风格，但是一定不能害怕。”

她跟随我来到我那个虽然有点窄，但却很整齐的办公室，我翻箱倒柜地为她找出前几期的“性爱之声”，就在广播声中，她的脸愈来愈红，我的皮肤比较黑，所以怎么也看不出来，而实际上，我的脸也红了，心跳也在加速。

“傻丫头，看得流口水了。我有这么秀色可餐吗？”我转过头时，发现她正目不转睛地盯着我瞧。

她红着脸转回头，嘴里说：“哪有看您啊，少自作多情了，您这把年纪了，完全就是个糟老头好吗！”

“欲盖弥彰！”我指了指她，却忍不住笑了起来。

她见我笑，似乎也放松了许多。

我站起身来，说：“还有三个小时就要去直播间了，你就在我的办公室里多听听吧，我相信你会主持得很好的。一般来说，想要调任到好时段的节目去，总是要经过许多考验的。”

她点点头，眼里有了些许自信。

“你会听吗？”

“会！”我向她承诺，我肯定会听。

可是那天晚上她还是把节目搞砸了，而且砸得一塌糊涂。

我知道第二天她一定会被训，于是一早就去找了台长，要求将她调到我的部门让我调教。

我是电台的元老，提出这样的要求，台长理所应当地给了面子。

就这样，小丫头到了我的办公室，与我一起主持晚间九点一刻的情感节目，我们一起，用感性的声音告诉大家感性的爱情。

我把她当成小妹妹一样对待，或者说当成我的小侄女，因为她那么年轻、那么活泼，和她在一起，我总感觉自己也仿佛年轻了许多岁。我喜欢买零食给她吃，喜欢捏她的小脸蛋，喜欢讲笑话给她听，喜欢看她的笑容，喜欢她叫我“糟老头”……

可是当有一天，她在我的书里看到了我和秀如还有我们宝贝的合影时，她呆了。

“咦，你结婚了啊？”她拿着照片，有些难以置信。

我挑挑眉，笑着看她：“这有什么好奇怪的呢？我这个年纪的男人，如果还单身的话，才叫奇怪啊！”

“可……可是从来没有听你提起过她。”

“她？”对于李意灵的用词，我有些困惑，但依旧回答她说，“我的妻子，她是个人民教师，平时工作很忙，基本不会到电台来找我。这件事情很重要吗丫头？现在说也不晚吧！”我爱怜地摸摸她的脑袋，想要捏捏她的脸蛋，她却躲开了。

“你知不知道我爱着你？”她扔下这句话，毫不犹豫地转身离开了。

我愣在那里。

那天晚上的节目她没有来，我向台长撒谎说她生病了。

我当然想过这丫头会爱上我，但她看起来那么美丽那么骄傲，又怎么可能看上我这个相貌平平的老男人呢？我否定了这种可能，却又心存一丝侥幸，贪恋某一种可能，于是放任自流……

而我，对她又是怎么样一种感情，是爱情还是亲情？是把她当成了女人，还是当成了女儿？

可我还是屈服了，我在电台里向她表白，我知道她一定能听到的。

果然，我的节目刚结束，她就打来了电话。

“你终于肯给我打电话了！”我有些责怪地说。

“你告诉我，你爱不爱我？”

我犹豫了一会儿，我爱她吗？也许爱吧，一半女人一半女儿地爱着。

于是我说：“我……我这把年纪了，再说那个字，未免有些滑稽……”

“滑稽？爱一个人很滑稽吗？难道无情无爱就不滑稽？你是人，人就有七情六欲。况且我问你的问题，你只需要回答是或不是。很难吗？”

她实在是咄咄逼人，然而我却无力反驳。

“说啊！”

“爱……好吧，我是爱你的……”说完，我不免也有些沮丧。坦然面对自己的内心，并不是一件叫人轻松的事情。我也是豁出去了，她不在的日子，只有我自己知道有多煎熬。什么道德，什么责任，什么世俗的眼光，只要她肯在我身边，我管别人怎么看！

在过去的时间里，无时无刻不存在的自我厮杀，令我身心疲惫，似乎老了更多。

电话那旁久久的沉默，猜不到她到底在想什么，我佯装咳嗽了一下，掩饰自己的紧张。

她轻声一笑，说：“曾汉，我想见你！”

“嗯？”

“现在，马上！”她的语气非常轻松，却又骄横霸道半点也不客气，“我想见你！”

对于小女孩的任性，我无力抗拒，于是屈服：“好啊，你在哪里？我过来接你！”

“我在家。我等你！”

她挂了电话，我怔了半晌，方才意识到刚刚做出了怎样的决定。有些事情，既然已经发展到某个程度，再去想那后果如何，倒不如顺其自然。

我简单收拾了一下办公桌，然后给秀如打了个电话。

“我今天晚上也许不能回来了。”

“为什么？我刚听完你的节目，你应该可以下班了啊！”

“我们领导找我开会，可能要加班，太晚了我就在办公室睡了。”

“可是你从前无论加班到多晚都会回家的，为什么今天不回？”秀如顿了顿，半开玩笑地说，“你是不是要去找你的初恋情人啊？”

“都不知道你在胡说什么！”我笑着敷衍她，而后承诺，“如果完事还早的话，我就回来。哎，你别给我留门啊，早点休息，嗯？”

“嗯。我知道了。”

后来我才知道，能与秀如携手那么多年，真正的原因并不是她同碧君长得像，而是善解人意。

但是再往后，我又明白了一件事，那就是女人的善解人意，也是有针对性的，对人对事，态度各不相同，绝对有底线与立场。

而对于夫妻之间的底线，许多女人会将丈夫的忠诚放在第一位。

显然，我那时候并不知道。

我只知道这个同妻子告假之后的晚上将会发生什么事情。当李意灵打开房门的那一刻，我竟然像个毛头小子一般，迫不及待地将她拥入怀中。

她吻住了我，然后到最后，我的身体却宣布了罢工。

我沮丧地看着她，对她说对不起。

自尊心受到了打击，在李意灵的心里，一定认为我是没用的男人。

可实际上，我是一个健康的、健全的男人。大概是过不了心中那一关，眼前总是晃动着秀如的眼睛，我实在是没有办法做出对不起她的事情来。

所以，除了向意灵道歉，我并无他法。

没想到意灵却微笑着吻了吻我，蜷缩在我的怀里，乖顺地睡着了。

我想起身离开，然而又觉得这样似乎不太好，竟然也糊里糊涂地睡着了。

第二天回到家，我自知理亏，坐在客厅里独自抽着烟。

秀如坐到我跟前来，审视着我。

“你是不是有外遇了？”

“没有……”

“那为什么晚上不回来？”

“说了是在开会……”

“我今天一早就打电话问了你们领导！”

“你是不是不信？好，不信我就罢了，我也省得解释！”我已经不知道该如何圆这个谎言，只好恼羞成怒地起了身，准备出门。

“你要是出了这个门，有种就别回来！”

这样的对话，在电视剧里出现过许多次，然而哪一次说狠话的人又真的做到了这么狠呢！

那一刻我觉得自己十分卑鄙，也很愚蠢。不懂得控制原始的冲动，不晓得圆滑地处理复杂的情感，在这方面，太过笨拙。

假如能天衣无缝地隐瞒秀如，也许我就不会那么烦恼了。

严格意义来说，我是一个念旧的人。

所以老巷子是我迷茫的时候，最常去的地方。

街道一如往昔，游人依然如故，不同的是道路两旁的树叶已由绿转黄，悠悠落下，躺在脚边。余下光秃秃的树木枝丫，等待来年再现新绿。

世事循环不过如此，旧的不去，新的不来。

我又一次为自己的可鄙而叹息。

电话此时响起。

是秀如。

我接通电话，秀如的声音平静如常："曾汉，你什么时候回家？我做了你爱吃的粉蒸肉，再不回来可让曾心吃光了啊！"

我张了张口，嘴边不由得漾起一丝笑意，说："让女儿吃吧，我这就回来。"

"好。"

见她快要挂电话，我忙说："对了，你不要生我的气，昨天真的有点事情需要处理，同事喝醉了，我送他回去的……"

这是目前为止，我想到的最妥帖的谎言。

她在电话那旁笑着说："我没有生气，你别紧张。不过，今天是个很特别的日子，不知道你还记不记得？"

"今天？"

"结婚纪念日，你忘了吗？"她的语气带着埋怨，但我知道，她其实并没有生气。

可是这个结婚纪念日，她以往也并不放在心上，为什么今年却记得那么清楚？

我来不及多想，只能应付说："我当然记得，这不是出来给你准备礼物了吗？"

"买什么礼物，你回来就好！"

秀如挂掉了电话，我感觉到了她的语气里的失望。可是她究竟在失望什么呢？

我心中存了愧疚，一心想着要弥补，思前想后，还是决定先买了礼物再说。然而来到商场，却在琳琅满目的商品面前茫然失措。

我根本不知道自己的妻子究竟喜欢什么。

买衣服吧，秀如穿衣的尺码我不知道。

买戒指吧，秀如喜欢什么款式我不知道。

买香水好了，可是秀如并不用香水。

这么多年了，我竟然没有送过她一次礼物。

终于，我选了一条项链，买了一束花，以寻常男人讨寻常女子欢心的方式，带着满心的惭愧，回到家中。秀如已经做好了满桌可口的饭菜，都是我喜欢的菜色。

孩子在学校没有回家，我捧着鲜花站在妻子面前，她的眼眶红了。

“对不起啊老婆，这些年也是怪我疏忽，居然把这么重要的日子给忘了，委屈你了。"

她抱住花，眼泪不停地簌簌下落。

“还有一个礼物……”我将她扶到沙发上坐着。

“还有什么？”

“你先闭上眼睛。”

她闭上了眼，我小心翼翼地将项链戴在她的脖子上。她感觉到了那项链的冰冷，还未睁开眼，已经痛哭出声。

我抱着她，将她揽入怀里，眼泪也跟着滑落。

我们有多久没有这样拥抱过了？我们有多少误会了？我们多久没有再沟通过了？躺在一张床上却是同床异梦。

我将她抱起，轻轻放在床上。

“你要干吗？”她捂住纽扣，娇羞地看着我，“饭菜都要凉了。”

“饭菜？哎！”我扯开她的衣领，亲吻着她的额头，“这不是正在吃吗。”

那一次，我们共同体验了从未有过的激情。

我并不是无能的，只是面对李意灵却总是毫无办法。

于是我选择了使用药物。

男人与女人之间的关系，一旦超越了友谊，就很难再回到原点。同李意灵自然也是继续纠缠。

可平心而论，我宁愿与她之间的关系依旧是亦师亦友，也不愿意是情人的关系。

然而她的爱慕却是我难以抵抗的诱惑，我沦陷了。

这种偷偷摸摸的感情，她做得非常隐秘，说了不会叫我为难，果真做到了在人前同我保持距离，一口一个曾老师，客气又礼貌。

大家都以为她是我的学生。我也侥幸而心安。

直到有一天，被曾心撞见我与李意灵在办公室亲热。

曾心鄙夷地看着我："曾汉，没想到你是这样的人！"

那一刻我无地自容。

曾心是我的女儿，因为手机关机，她联络不上，所以只好跑来电台，只为通知我，秀如低血糖晕倒送医，却发现有子宫肌瘤。据医生说，可能是由于年轻的时候堕胎过多，服用避孕药物过多而造成的。

我蹲在手术室外悔恨地抓头。

曾心将她所看到的事情，告诉了我的母亲。

妈妈拉着我的手，像小时候教导我那样，轻轻地说："曾汉，做人不能贪心，有一个真心对你的女人就够了。秀如这个儿媳妇多好，为了曾家也是尽心尽力，你该好好地待她，千万不能对不起人家。"

我不断地点头，不知道还能说什么。

可是孩子，却并没有原谅我，她基本不再正眼看我，甚至懒得叫我一声。

晚上，我想守在秀如的病床旁，不承想却被母亲赶了出来。她说我要录节目，需要休息。曾心闻言，冷哼一声，然后到她妈妈病床前守着。

我很无奈，只好独自回家。

安安静静的屋子此刻显得分外冷清。我突然有些害怕，心中一抽，有些恐惧。如果有一天，秀如、曾心、妈妈都离开了我，我该怎么办？

这种恐惧是前所未有的。大概缘由在于曾心冷冷的表情，在于秀如的昏迷，在于母亲的失望。

我一支接一支地抽着烟，并宽慰自己，不过是犯了男人都会犯的一个错而已，这并非我的本意。

我决定向李意灵摊牌。我赶到办公室，她还在。

“丫头，我对不住你，但是现在，必须要说再见了！”

“你什么意思？跟我说分手吗？”

“你还年轻，你还可以找到更好的！”

“可我只喜欢你，怎么办？”

我抓脑袋：“我有什么好？一把年纪，长得也不怎么样！”

她没羞没臊地扑到我怀里来：“可我喜欢！”

我推开她，转身不看她。

“你不能任性！我跟你没结果的！”

她笑着依偎过来，软软糯糯地说：“谁要结果？谁稀罕结果？就像现在这样在一起不好吗？又没有叫你离婚。”

我看着她。

她温柔地说："你骗不了自己，你是爱我的。"

我想起来曾心眼里的轻蔑，母亲眼中的失望，于是轻轻推开她："对不起。"

她愣在原地，一动不动，就那么看着我，一副很受伤的表情。

我有些懊恼，刚才对她是不是有些过分，正琢磨着要不要说点什么弥补一下，她却猛然转身，离开了我的办公室。

我以为这件事就算是结束了，从此以后不会再有任何交集，于是请了假，在医院悉心照顾秀如。秀如对于那件事一无所知，显然是曾心和妈妈在替我隐瞒着。

我告诉曾心，我会改正错误，做个好丈夫、好父亲。曾心虽然依旧表示怀疑，但终究还是唤了我一声爸爸。

我松了口气，以为这件事就算是过去了。然而一次外出回来，却在病房里见着了李意灵。

她一个人，躺在另一张病床上，手腕上吊着点滴。

我定在门口，心中发虚，手脚发软，大脑里一片茫然。

她怎么会寻到这里来？她来做什么？

与我心中的慌乱失措相比较，李意灵反而表现得淡定从容。一见到我，就微笑着打了招呼："曾老师好！"

我点了点头，问："你到这里来干吗呢？"

"嗯……我怀孕了，做了个手术……"

我吓得手中的东西险些掉在地上，难以置信地看着她："你说什么？你怀孕了？"

她依旧淡定，笑着说："男朋友不在身边，反正也不可能现在结婚，所以就自己来做掉了！"

然后她看着秀如，还明知故问地说：“曾老师怎么会到这里来，莫不是隔壁床那位漂亮的姐姐，就是传说中的曾太太？”

“呃？是的，秀如，我给你介绍，李小姐，我的同事。”我手足无措、语无伦次。

秀如微笑如故，并没有瞧见我的异常。

“李小姐你好，我是曾汉的爱人！”

“嫂子好！”

秀如点了点头，然后对我说：“曾汉，妈熬的鱼汤要不然也盛一碗给李小姐，她刚做完手术，身边也没个人照顾。”

“好的。”

就这样，我周旋在两个女人之间，悉心照顾着。

出院以后，李意灵辞掉了工作，也搬了家。我寻她不着，打电话也是不接。

我很懊恼，面对这个局面，却也无能为力。

我只好发短信：“为什么怀了孩子不告诉我？”

等了一天，才等到她的回复：“告诉你有什么用？难道你会离婚和我在一起？别傻了，就算你离婚，姐也不会跟你在一起，姐是叔控，玩玩而已，现在好聚好散，别联络了！”

她将狠话说得很绝。

我无言地挂了电话。

她是不是玩玩而已我不知道，但那以后，确实就再也没有她的消息。

秀如痊愈以后，我找了个云淡风轻的日子将所有事情向她坦白。

我低着头，像个犯了错的孩子，乞求她的原谅。

她轻声说："你第一次晚上没有回家，我就知道有她这个人……我很难过，想过要离开你，然而还是舍不得……如果你愿意改，我可以给你一个机会……还有大半辈子要一起走，过去的事情就让它过去吧……"

"秀如……"我感激地看着她，何其有幸，得妻如此。

现在，我的婚姻已经恢复了最初的平静，转眼一年过去了，回首那些往事，仿佛是在昨天。

关于李意灵的消息，总会从旁人那里传到我耳中来。我自然没有忘记她，但也希望不要再有交集，但愿她好，仅此而已。

时光如水，静静流淌。

新的一个结婚纪念日，那天我早早地起了床，寻思着该给秀如一个什么礼物。

又一次来到老巷子，我遇到了一个年轻人，二十多岁，模样清秀，眉目之间有着碧君的影子，我不禁多看了两眼。

发现我在打量着她，她看向我。

我向她点了点头。

"来旅游的吗？"我问。

她摇摇头："只是过来看看而已。"

"本地人？"

她点头。

我接着问："这里有很多回忆吗？"

她看着我笑了，说："叔叔，你觉得这个世界哪个角落又没有回忆呢？"

她叫我叔叔！我忍不住笑了，我的样子已经老到了让人叫叔叔的地步！可是今天我不是来回忆的，我是在这里想想该给妻子一个什么礼物的。

看着青春逼人的她，我问：“今天是我的结婚纪念日，想给太太送一件漂亮的礼物，但十分苦恼，不知道该送什么好……”

她放下手中的书，认真地看着我：“她最需要什么你就给她什么啊！”

“我不知道她需要什么。”

“那你就给她一个她从来没有得到过的东西啊！”

“我想给她一个可以让她惊喜的礼物……”

“当初你是怎么追求她的？”

“当初是她追求我的！”

她歪着脑袋想了想，然后大声说道：“我知道你该送什么礼物了！”

“噢？那你说说看，送个什么礼物好？”

她抿嘴一笑，转头向老板喊道：“麻烦给我两张纸！”

我只能看着她将信纸和笔搁在我的面前，然后笑得神秘兮兮地说：“给她写封情书吧，把你想对她说的话都写下来，我想她收到这样的礼物一定会感到很幸福！”

我拿着那张纸，却是久久不能下笔。

活了大半辈子，只给碧君写过情书，写了那么多封，却没能得到碧君的回应；可是给秀如，我却一封也没有写过。

我想秀如这辈子最想要的，大概就是这封情书了。

“谢谢你！”我由衷地感谢对面的姑娘。

她甜甜一笑：“不用客气。”

“对了丫头，你叫什么名字？”

她挑了挑眉毛：“请叫我雷锋！”

我恍然失神，她这挑眉的动作，太像我的一个老朋友。

未等我再次发问，那自称雷锋的丫头已是站起身来，笑着同我挥了挥手：“再见啊叔叔，祝您和阿姨和和美美。”

“谢谢！”

那丫头踏着轻快的脚步走远了，客栈外拐角的地方，有个男人迎着她走来。太远，我看不大清楚，但仍可判定是个高大英俊的小伙子。

年轻真好。

客栈里往来的人不多，我坐在书案前，琢磨着该写个怎样的内容。

此时此刻，耳畔流淌着一首老歌。

曾经以为我的家是一张张的票根
撕开后展开旅程投入另外一个陌生
这样飘荡多少天这样孤独多少年
终于又回到起点到现在我才发觉
哦，路过的人我早已忘记
经过的事已随风而去
驿动的心已渐渐平息
疲惫的我是否有缘
和你相依……

我提起笔，认真地为与我相守一生的女人写下了最珍贵的一封情书。

秀如爱妻：

这是我此生给你写的第一封情书，在今天这个特殊的日子里，我知道这是你最想要的礼物。

跟着我的这些年，着实委屈了你。从你嫁给我那一刻起，就一直为这个家劳碌奔波着，操持家务，孝顺父母，养育女儿……你对曾汉的恩德，曾汉毕生难以回报。

我们曾经也有过恩爱甜蜜，也有过争吵矛盾，我也做过对不起你的事情，可你始终对我不离不弃，每每想起，我就惭愧不已。

秀如，我们之间是什么时候开始有了那么多的矛盾的？又是什么时候化解的？我虽然已经记不清楚时间，却还记得，如果没有你的宽恕，如今的幸福生活我根本不可能拥有。谢谢你，我的妻。

今天，我为你写下的，都是我内心埋藏许久的话，就如歌里唱的那样："路过的人我早已忘记，经过的事已随风而去，驿动的心已渐渐平息，疲惫的我是否有缘，和你相依……"

很多时候，看到你头上的白发，我很心疼，你爱我那么多年，从一个如花少女到鬓白发华仍未改变，我怎堪承受这样的深情，唯有用我的余生来好好爱你、疼你，将曾经亏欠你的全部弥补给你。我们的孩子已经长大，她不再需要我们陪伴在他的身旁；我们的父母也已经离世，现在只剩下我与你相依为命，只有我们能相互疼惜彼此，只有我们能相互依偎。

秀如爱妻，我想告诉你一件事，那便是，你是我曾汉此生最敬最爱的女人！

曾汉

我将信放在精美的信封里，连同在花店订好的玫瑰一起，让花店送回了家。

晚上我回家的时候，刚开门，秀如就给了我一个拥抱。

“谢谢你！”

我紧紧抱着她，爱怜地说：“辛苦你了！”

“不辛苦，跟你在一起，怎么都不辛苦！”

“我对不住你……”

“没有，你对我很好……”

我们就这样相互依偎着，含着热泪将满桌她做的美味菜肴一扫而空。

我爱吃她做的菜，精致美味，能够娶到秀如，真的如我母亲所说，那是我曾汉上辈子修来的福分。

年底，我的一个外甥给我寄来了喜帖。那是个不让人省心的孩子，听说他要结婚的消息，我真是欣喜万分，握住妻的手说：“嘿，张勋这个浑小子总算要结婚了。”

秀如笑着说：“是啊，刚才大姐打电话来，叫我们早点过去帮帮忙。”

“行，让曾心做伴娘去。”

“曾心？”秀如皱了皱眉头，“曾心向来不太待见张勋，你就别瞎忙活了。”

我想了想，也是。曾心是个很特别的孩子，她向来不待见亲戚中的任何一个，在她看来，亲戚朋友不过是被血缘强迫绑在一起来认识的而已。

我也曾经年轻过，太能理解这种傲慢与不羁了。

待到婚礼那天，我们被表姐安排到了亲友席，陪同照顾新娘的父母。

“新娘是哪里人啊？和张勋是怎么认识的？”秀如问表姐。

“祖籍少城，在北京长大的，后来在飞机上认识了我儿子，两个人感情不错。小丫头模样长得挺好！”看表姐的模样，像是捡了个宝贝儿媳妇。

“哎，我们家那丫头不知道什么时候才能定下来呢！”

我哭笑不得地看了看妻，曾心还在念高中，她在着急什么？眼睛往妻的后面一晃，居然看到了一个意想不到的人——成碧君，她侧身对着我，手臂挽着一个高大的男人。

她明显老了，可是仪态还是那么优雅。

我站起身来，秀如也跟着起身。

“看见谁啦？那么激动！”

“碧君……”

碧君循声望来，眼里装满了不可思议。

我也顺势看清了她手臂挽着的男人。

“叶品德！”

“曾汉！”

旧友相见的一幕总是分外激动。当我和品德拥抱在一起之后才明白，原来我到底还是矮了品德一截。

他们是张勋的岳父岳母，我的外甥媳妇叶欣然的父亲母亲。至于他们两个怎么会成为一对，委实叫我费解，两杯酒过后，叶品德也从实招了来。

原来品德在我让他带给碧君的情书上署了他的名字。

他为了碧君，考入碧君的学校，千辛万苦地追了很多年，才终于抱得美人归。

而我总以为自己这一生最喜欢的女人是碧君，却并没有为了得到她的爱情而做过任何努力。我只是默默地思念她，思念小时候的她，在思念的同时，却也在结交新的女朋友。

同叶品德相比，我何止是身高上矮了一截呢。

端起酒杯，我一饮而尽，眼角余光看向秀如，她正拖着碧君的手，犹如姐妹一般在闲话家常。

便是此时，台上迎来了新郎新娘。

我抬眼一看，新娘子颇为眼熟，可不就是在老巷子遇见的那一位自称是雷锋的姑娘嘛！

真是人生何处不相逢。

去见见他的太太

一不小心爱上了个有妇之夫，怎么办呢?

好吧，我们先抛开“道德”这个枷锁，单纯地以“情”讲情。

一般来说，好女孩在明知道对方有伴侣的情况下，是会刻意保持距离的。而另一部分的女孩，也不能完全说就是坏，也许也是身不由己。如今爱都爱了，还爱得死去活来，收不了心。

他对你百依百顺，无微不至，随叫随到，宠得你像是公主一般。

他长得也不赖，家世好，样貌好，身材好。

而你又刚好处在情感空窗期。

好吧，也许这个人就是真命天子呢?

于是你决定接受他，这时候才发现，原来这个完美男人有家有室有孩子。

爱情这种事，由不得人选择。但接受与否，你却是可以选择的。如今你知道他是个有妇之夫，可你依然选择了要同他在一起，那么接下来，就请接受一系列的不平等条约吧。

你们的感情会发生强转折。

他不在你身边时，你会觉得他与太太在一起；他不接你电话时，你会觉得他在与太太亲热，因为你们在一起的时候，他也是这么对待太太的；他不回你短信时，你会觉得他大概已经不再爱你了；他带你去见他的朋友，你会觉得他们都在拿你与他太太作比较。

于是，你很痛苦，很有挫败感。

因为挫败感，所以你显得歇斯底里。

你恨不得抓住他每一天每一刻的行踪。

你以为你爱他爱到了全部，爱到了极限，爱到了失去尊严，卑微到了极点，再没有其他男人更值得你爱了。

其实亲爱的，你错了。

你并不是那么爱他。

你只是在情感上受到了挫折。

从来都是千娇万宠的你，居然爱上了一个有妇之夫。你会猜想，他的另一半到底什么样子？为什么像你这么爱他，他还不肯立即放弃。

不要相信他所说的，他们之间只有亲情这样的话。

若真是如此，他与你之间的爱情算是什么？永远不需要负责任的情感？

不要奢望他会向你描述她到底什么样子，如果为了取悦你，说他太太又老又丑是个黄脸婆，千万不要心底暗爽，早晚一天他也会对别人这样形容你。

如果他说太太漂亮、温柔、贤淑、大方，但他们之间却没有爱情。千万不要相信。

既然这样好，为什么还要有外遇？除非是这男人本质的问题，他也许不只有你一个情人。

也不要信他朋友怎么说。所谓物以类聚人以群分，所谓一丘之貉，我大致就想表达这个意思。说得委婉一些，便是友人讲话都是带有情感色彩的，你只会从朋友嘴里听见一个更加完美的他。

说了这么多，其实你只是很想见见他的另一半。

想见就去见，如果有可能，最好是能交个朋友。当然，这种可能几乎为零。

她若是长得难看个性也很糟糕，那你应该怀疑他的品位与人格。

品位很差劲的男人，他本身也不见得素质有多高，而抛弃糟糠之妻的男人，就更不值得依靠了。天晓得哪天他会不会也抛弃你。

她若是漂亮、温柔、有气质，远远甩过你八百里。那么拜托你清醒清醒，小野草一般的你，不过是他的饭后甜点，一个消遣而已。

为免某日一败涂地，不如趁早潇洒离去。

放弃错误的爱，去爱一个有资格肆意追逐爱情的男人，才是年轻的你应该做的事情。

友情提示：为安全起见，请你务必偷偷去看。

我以曾心换真心

有些若有似无的东西，只有在被我们忽略到失去，或者即将失去的时候，我们才会幡然醒悟，原来它在生命中存在的比重，其实是很大的一部分呀！这些美好，统称为日常岁月里被我们看作稀疏平常的东西。相反，真正别人觉得十分难得与贵重的东西，对我而言，却是稀疏平常。

单人枕头·曾心

洁白的窗，粉色的蔷薇，一抹金色的阳光。

就像我那已经流逝的十八年的青春一样，如此安静祥和，悄无声息。

趴在窗前那张铺着小碎花蕾丝桌布的书桌前，我什么也不想，什么也不做，只有闹钟的小秒针在嘀嗒地发出声音。

它孜孜不倦地发出微弱的声音，只是在告诉我，就算全世界都停止，它还在继续前行。

我喜欢声音，这样子会觉得很安全，不孤独。

也许，在旁人眼里，我并不孤独。因为，我拥有很多别人无法得到的东西。

比如，墙角那两箱还在不断增加的情书。

比如，天生丽质难自弃堪称校花的脸庞。

比如，绝对遥遥领先的成绩单。

这只是小小的一些值得炫耀似乎又不值得炫耀的东西。

其实我不是那么在乎，但若失去，它们必定会是取代我生命中三分之二阳光的东西。

有些若有似无的东西，只有在被我们忽略到失去，或者即将失去的时候，我们才会幡然醒悟，原来它在生命中存在的比重，其实是很大的一部分呀！

这些美好，统称为日常岁月里被我们看作稀疏平常的东西。

相反，真正别人觉得十分难得与贵重的东西，对我而言，却是稀疏平常。

比如，那台停在车库里的新车。

比如，那张绿色的驾照学时卡。

比如，那张不限额度的信用卡。

可我一直都认为，物质，是没有灵魂的。

曾心，十八岁了，成年了，从此以后不再是小孩子，可以谈恋爱，可以结婚，可以做任何自己想做的事情。这是他们告诉我的。那些，也是他们送给我的生日礼物。

而他们拿走的，却是我想要拥有，却从未拥有过的。

我不过是，一个从未得到过“温馨”的小可怜。

曾心。多么讽刺的名字。生下我的那一刻，他们应该是真心的吧，只是过了许多年后，真心不再了，所以，只好分开。

我问他们，为什么要在一起，在一起为什么又要分开。

日理万机从来都只是在电话里出现的曾先生这么跟我说："小丫头懂什么，大人的事情小孩别过问。"

男人总是讨厌这么小肚鸡肠毫无悬念的问题的。至少曾先生是这样的。

而每天都陪在我身边却从来都苦着脸绝对有怨妇症状的"前"曾太太却十分感性地告诉我："爱情就是一场相聚与别离，只有分别，才能让爱天长地久。"

这是她自我催眠的方法。她所谓的天长地久，只是过去进行时，不，也许在她心底还在进行中。

而曾先生与现任太太，才是正在进行时。

太安静了。也太压抑了。最讨厌的便是父母的感情事，从来都没有幸福可言。

最恨家长里短。

所以，我从来都不去看那些情书。

我是不婚主义者。

虽然只有十八岁，可我总觉得自己的心理年龄已经到了八十岁。

我戴上耳机。

比小秒针嘀嗒的声音更好听的东西出现了。

我们称为"音乐"。

最近很迷黄韵玲的《双人枕头》，虽然，我并不赞同她的音乐带给我的感受。

电钢琴轻快的节奏，似乎在讲述一对新婚小夫妻恩爱甜蜜的爱情故事。

这是爱情的美好面，大家都知道，两个人总比一个人要幸福许多，双人枕头总比单人枕头看起来要热闹一些。

可是，音乐本身不能够诉说某些绝对会存在的潜在。

比如，女主角很可能就要跻身“黄脸婆”的行列。买菜、做饭、打扫卫生、怀孕生小孩，还要处理棘手的婆媳关系，即使有抽油烟机也不可能完全阻挡肌肤受损的速度，油烟依旧肆无忌惮地侵蚀那张完美无瑕的小脸，上面渐渐会长出令人惊恐的小雀斑，黄褐斑，这个斑那个斑。等到怀孕了以后，还要疑心先生会不会因为太过寂寞而出轨。生完小孩，肩上的重担就更重了，抚养教育小孩，这个时候，女孩才会真正变成女人，而青春则会渐行渐远，直到她无法再看见青春的踪影时，她的美好人生便从此消失。

前任曾太太是最负面的教材。

再比如，男主角从此要为爱奔波，不再英俊潇洒，也许某天某日发现，牵着爱妻的手就像左手牵右手，再后来，誓死要去寻找真爱。两人最终以分别收场！

因此，我绝对不要这样。

听《双人枕头》，也不过是在告诫自己，我未来的人生一定要选择单人枕头。

十八年未曾谈过一场恋爱，那是因为我从不相信爱情。

这世上哪有什么爱情，不过是男女搭配的游戏，旁观者看得荡气回肠，当事人身心疲惫。

所以，我要买一架电钢琴，谱一曲《单人枕头》。

离别曲·古易

我不知道要怎么处理这个问题。

电话里，那个女生十分不礼貌也十分不客气。

她在地铁站里迷路了，我很钦佩，竟然有人可以在有着明确路标的地方迷路！她的世界里似乎没有东南西北，只有前后左右。

如果我有时间，如果我方便，也许我会选择前去接她。

可是，我真的没有办法去。

你能想象一个刚瘸了右脚、有着严重心理障碍急需阳光的男人，还可以怜香惜玉地去接一个试图前来与我讨价还价的小女生吗?

当然不能，上帝不可能这么残忍。

昨晚，零点快要到来的前十分钟，她出现在我的淘宝店。

不，准确来说，那是妹妹的店。

因为妹妹要离开这座城市去他处求学，所以拜托我替她处理一架二手电钢琴。

本人是学生，由于要异地求学，所以低价转让，九成新。非常适合初学者及有一定基础的非专业人士练习。正宗大琴行大品牌，货真价实。限同城自取，有意者可以来看琴，先看后买。

这是我写的转让广告，打印成纸片，四处张贴。

好吧，我是个粗人，自认肚子里没几滴墨水，否则也不至于沦落到二十八岁高龄依旧没有女人肯看上我的地步。

所以，这一次我决定让上帝残忍一次。

当我拄着拐杖、拖着绑着石膏的腿出现在地铁站的时候，那个穿着白色T恤、一脸清高的小姑娘，正愤怒地看着我。

“喂，你说只需要十分钟就可以到的，可是却让我等了半个小时！”

我哑口无言，电话里，我确实是这么说的，可是……

“那是在我完整无缺的状态下才可能达到的速度，您老人家难道看不出来此刻我的状态是什么样子吗？您没近视吧！”

这次，换姑娘哑口无言了，只是“脉脉含情”地注视着我。

如果佛祖所说的七情“怒”也算“情”的话。

我甩发，自以为幽默地说：“不要这样看我，不要迷恋哥，哥只是个传说！”

偶尔幽默一次，换来的结局是被狠狠地踢了一脚。

这小姑娘真狠，她踢的是我的左脚。

这下可好，双脚都瘸了，还要拖着残缺的双脚带她去我家。

如果她不是个美女，我想，我应该会很义正词严地跟她讲话的。

男人面对稍有姿色的女孩子，总是会不由自主地想办法去引起她的注意，这是自然界雄性面对心仪的雌性永恒不变的定律。我以为她会喜欢比较轻松的对话方式，因为她跟我见面的第一句称呼是“喂”。

这个字，至少是有点熟悉的朋友才会用的啊。

跟谁都自来熟，如果我猜得没错，她应该是极度缺乏关爱，或者，极度地不缺乏关爱。

不管是哪一个极端，她与我的初次见面，总比虚伪客套的寒暄来得真切。

我喜欢这样的女孩子。

但是，她又太过真切了。

见到那台落地式电钢琴的第一眼，她便单刀直入地问我：“价格可不可以再便宜一些？我是学生，我很穷，快要高考了，我需要减压，可我没有足够的钱。三千块，我需要花两年的时间才能够攒齐。可是，我又真的很喜欢这架钢琴。可以再便宜些吗？”

“这架日本进口的电钢琴，其实才用了不到一年，有脚踏式弱音器、节拍器和自动伴奏系统，琴下方有大型扬声器，也可外接扬声器……”

“是的，我知道，百度过了，很适合我，我也很喜欢。但是价格，是我最难以接受的。你也知道，作为一个独自在异地求学的学生，生活有多么艰辛。我要省吃俭用才能买下这台钢琴。我只有两千两百块的存款。这与你定的价格相距甚远，但若是你肯帮助我，我会感激你一辈子的！”

她楚楚可怜地看着我。

看着她浑身上下加起来不足两百块的行头，我忽然联想到了她的艰辛，这么小的一个姑娘，这么独立又倔强的姑娘。一种保护欲油然而生。

“你多大了？”

“十八岁，昨天刚满十八岁。电钢琴是我送给自己的生日礼物！”

“爸爸妈妈呢？”

“……”她咬咬唇，拒绝回答，倔强的嘴角出现了浅浅的齿印。她应该有一个不太幸福的家庭。否则，又怎么会不知道东南西北，不懂得初次见面的礼貌与修养，甚至不懂得要如何与人相处。

我转过头，不打算继续看她的脸。

“古先生，可以吗？”

她凑到我眼前来，继续可怜巴巴地看着我。

我们两个的对话，就像一场战役。她用她的可怜征服了我。

于是我说：“好吧，你什么时候来拿琴？”

“我没有车，能不能麻烦古先生替我送过去呢？”

我低头看了看自己的脚，苦笑着说：“如果不着急的话，等我拆了石膏之后吧。”

“那需要多久？”

“两个月！”

“你是怎么受伤的？”

“车祸！”

“命真好！”她的话让我差点用口水噎死自己。

“车祸只是伤了脚的人，就算是很好的命了！”她的话似乎很有道理。大难不死，确实命好。

我认同了她的话。

她接着说：“这段时间你都在家里对不对？”

“是，无处可去！”也无法去哪里。

“那这段时间，放学以后我都到你家里来学习弹奏钢琴，这样可以吗？”

她要到我家来，每天……学习弹钢琴？

我疑心自己听错了，很茫然地看着她。

她有些羞涩地说：“其实，我一点也不会，所以，希望你能教我！”

“我……我……”

“你的手很修长，钢琴一定弹得很好吧！”她抿着嘴，笑吟吟地看着我的手。

那句原本打算讲出来的话，便活活地被我憋了回去。

于是我问：“你能下周再来吗？这星期，我……我大概会去医院一下！”

我在撒谎。只有我自己知道，为什么会撒谎！

“当然好！”她拿出两百块放在桌上，然后催促我写一个收条，内容大致是，这两百块是钢琴的定金，等到两个月后，我亲自将钢琴送到她家后，再付余下的钱。这两个月期间，她每天到我家来学琴，我要友情教她钢琴。

写了收条，她还让我签了名，并且按了手印。

我有一种签了卖身契的感觉。

她很开心地将收条放进一个粉色的钱包内。香奈儿！如果我没看错的话！

我哑然失笑。这位小姑娘，一定不知道自己拿的是个什么品牌的包包吧，尽管是假货。可是，现在的假货做得真好，足以以假乱真！这样穷困潦倒的一个小姑娘，哪里又能分出真假，只要东西够漂亮，大概就会毫不犹豫地买下吧。

奢侈品，从来都不是属于穷人的！就算是穷人拿着真品，也一定会被认为是假货。而富人就不同，即使是拎了一款假货，也会被认为是真品。这个世界，就是这样。

“喂，你打算教我的第一支乐曲是什么呢？”

她的“熟悉”状态又回来了，不再称呼我为“古先生”。

“嗯……”我有些慌乱，眼睛瞟向放在钢琴角落里的乐谱，忽然有了一丝底气，“《离别曲》，肖邦的《离别曲》。”

是的，这是我唯一会的一支曲子，而且是在妹妹的威逼利诱下学会的。

但是，弹得一点也不好。

七天的时间，我应该可以练习得相对熟练一些，这样，在教她的时候，总不至于很丢脸。

她对我甜甜一笑，然后说：“那你好好休息，下周见。”

她就这么轻易地，用最出乎意料的价格买下了我的钢琴，还让我做了她免费的老师！

姑娘，你是哪个星球的？

教练·曾心

我用两千二的价钱，买了一台原本价值八千块的电钢琴。

尽管是二手的。可是，对于一个只想弹奏一曲《单人枕头》，且面临高考巨压的小女孩来说，拥有一台二手电钢琴，是件刚刚好的事情。太过于昂贵的钢琴我也不见得会喜欢，如果可以选择，我倒宁愿将钢琴折成现金留着。

钢琴于我而言，只是一个乐器而已。我没有那么浪漫，也不懂得去欣赏世界，我才不会想要以此来陶冶情操，将自己与普通人画上一条显而易见的分界线。

除非我是白痴！

我只是想学《离别曲》，那支关于暗恋、永无结果的《离别曲》。这即是我所说的《单人枕头》。

真是万幸，古先生所要教我的第一支曲子，竟然就是《离别曲》。

我想，他选择教我这支曲子的原因，大概是因为它是初学者的必学功课吧。

百度说，肖邦在十九岁那一年，爱上了华沙音乐学院的同学葛拉柯芙丝卡，她亭亭玉立，是个音乐天才。肖邦心生爱慕，却因为生性羞怯，始终不肯倾吐爱意。某一天，终要离别，也许此生再不可能相会，于是，在离别之前，他在葛拉柯芙丝卡的面前，弹奏了这首缠绵幽怨的钢琴曲，向这位日夜思慕的美丽少女告别。

永无结果的爱情，在我眼里，便是最完美的爱情。

就如同，单人枕头在我眼里，就是永恒的双人枕头一般。没有拥有，就永远不可能失去。

这些道理，“前”曾太太自然不懂。

她只会催促我赶紧去学车。

车库里的那台新车，搁置已经很久了。

如果不是因为专人授课的驾照学时卡真的很贵，若是不学就白白浪费掉了巨额学费，我真的想选择不去驾校。

没见过我这么命苦的十八岁。要面临超压力的高考，还要每天去“钢琴老师”家学琴，空闲的时候，还要跟着教练去学车。

古先生的手很修长，可是，他的钢琴弹得并不怎么好。

跟他学了两个月的钢琴，可是我依然没有学会《离别曲》。

他教得满头大汗，我也学得满头大汗。

最后的结果是，他被我搞得很混乱，原本就弹得不太好，现在就更糟了，简直可以用“不堪入耳”来形容。

“你就是一个破坏王！我总算明白了！”他放弃了。

他决定，在拆完石膏后的第三天，就将钢琴送回我家，由我自生自灭。

是谁说的，手指修长的人就会弹钢琴的呢？真是胡说八道，他也有可能是驾校教练。

比如此刻，在两个月后，我第一次捏着绿色学时卡坐进教练的车内时，所看见的那个男人，终于令我忍不住笑了。

这个握着方向盘、穿着驾校教练制服、神情严肃的男人，竟然是教了我两个月钢琴的古先生。

“你……”对于我的出现，他目瞪口呆。

“你的专职到底是钢琴老王子，还是驾校教练啊？”我调侃地说。

他尴尬地笑了笑。

“好吧，我承认，我是你的教练！”

“嗯。很不错啊，又是钢琴老师，又是驾校教练，你可真是多才多艺！”

“你也不错啊。作为一个很会狠命杀价的穷小孩，竟然还拥有一张专属于贵族的绿色学时卡。”他的脸忽然凑到我面前，眼里充满了困惑，“你到底是穷困潦倒异地求学的小姑娘，还是家世显赫的千金大小姐？”

“你猜哪一个才是真的？”我以为，这样轻松的对话，可以让他不至于那样生气。

可是他却冷冷地说：“算了，我也没兴趣知道！”

之后，再没有半点笑容。

他严肃地教我操作汽车的每一个步骤，一丝不苟，尽心尽力。

我知道他肯定在生气，当然不会是因为被我假装很穷而被砍掉的八百块。

他生气的，是我隐瞒了他。

即使，是我觉得无关紧要的隐瞒。

可是，我不能说。

有些秘密，是不能说的。

前尘·古易

对于曾心的出现，我一直都认为，是上帝对我的惩罚。

她那么意外地出现在我的生活里，古灵精怪，又穷困潦倒，让我不知所措，忽然想起“妹妹”。

好吧，我承认，我也刻意地隐瞒了许多。

比如，那台电钢琴。

淘宝店上写着是异地求学的妹妹的，而其实，是我一直默默喜欢着的那个女孩子留下的。

两个月前，她嫁人了，我决定卖掉这架电钢琴。

这是去年，我送给她的生日礼物。她喜欢弹钢琴，因为出身较好，所以钢琴弹得非常好。就如同俗套的电视剧桥段，后来她家道中落，所以钢琴成了往事里的一个结。而我，作为她最好的朋友，一直陪伴她左右，默默守护着她，不敢告诉她，其实我有多么喜欢她。

我们是高中同学，高中毕业后，我便没有继续再念书，除了要养家，还要资助她上大学。可是打拼多年，收入依然有限。直到有一天，我觉得可以向她告白了，便订下了这台钢琴，想要送给她。可在她的家门口，我却看见一台名贵的车，以及正在往她家里送的名贵钢琴。

我知道，可以改变她生活状况的那个人终于出现了。

电钢琴依旧如期而至，被她发现了。在她怀疑的目光中，我告诉她，我发神经地想要学一支曲子，所以买了一台电钢琴。

她毫不怀疑地，教我弹《离别曲》。

她教得很认真，我学得也很认真，尽管最后，我弹得并不好。

每当弹起这首曲子，我都有一种被抛弃的感觉！可是我从来都不觉得被人抛弃是一件丢脸的事情，但前提一定是抛弃自己的这个人要过得比和自己在一起的时候更幸福。这样，被抛弃得才有价值。

但是那台电钢琴，就如同一个硬伤，不断地讽刺我那段永无结果的爱恋。所以，我决定转让！我很土，除了借用她已经不再经营的淘宝店外，还打印了一沓广告，随身携带，有空便四处张贴。

我猜，她现在过得很好，先生拥有很好的家世。两个月前，他们结婚的时候，我曾在远处观礼。不是因为我还爱她，而是她已亲如我的妹妹。她从穷困到交不上学费，到嫁入豪门，这应该是灰姑娘的现实版吧。

可是很不幸，我的脚也在那一天不慎受伤。

我告诉曾心，是出了车祸。可真相完全不是那样，我不想牵扯出太多别人的隐私，只好说是出了车祸。

那天，看着新郎新娘交换了戒指，我转身准备回到停在酒店外面的那辆我花了四万块买来的二手破车上，然后开车回家，或者去驾校。

走下楼梯，走出酒店，经过转角，我眼角的余光发现有人，抬头看见一个中年女人，她形容枯槁，躲在三米高的大厅露台处，从窗户的缝隙里，偷偷地看里面。

那个大堂里正在举行的，是一场浪漫奢华的婚礼。

我想，在这个大喜的日子里，想要去观礼却又不能去的，大概也只有被抛弃的人吧。

看她不菲的装扮与年纪，说不定她就是新郎的前任太太呢？

我对她报以同情的一笑，然后准备离开。

可是，上帝就是那么残忍，在酒店二楼大厅爆发出一阵热烈掌声的时候，正在偷看的她忽然往后退，然后就那么直直地摔下三米高的露台，而我，本能地上前去接。

没接住，她摔在我的腿上。

恍惚间，我听到“咔嚓”一声。我以为是她骨折了！

还好，脚下是草坪。

还好，她摔下来的地方是三米高的露台。

她只是晕了过去，大概是因为惊吓。

我强忍着腿上的剧痛，叫来酒店保安，将她送到医院。

等到我回到家里时，才发现腿已痛得不能再动。

后来才知道，原来骨折的那个人是我。脚踝错位。

这大概是我人生中最倒霉的事情！

没想到，越往后走，越倒霉。

遇到一个刁蛮任性的曾心，她要买走那台落满灰尘充满伤心的电钢琴，她没钱，她很穷，比我还要穷，所以，我不得不按照她说的价格卖给她。

因为穷，所以请不起老师，想要学钢琴，还要我来教她。

而我，只会弹一首《离别曲》。

可是，答应了要教别人弹钢琴，说到就一定要做到。我特地用了一个星期的时间练习，这样，在教她的时候，总不至于太过丢脸。

曾心，多么淳朴的一个小姑娘。

她很好学，很上进，很阳光，也很快乐。

可是我能看出，她眼里的寂寞。

就像她也能看出，我其实不那么快乐一样。

曾心问了很多关于我“妹妹”的事情。

相对于学琴而言，她似乎对这台钢琴的主人更感兴趣。

我毫无保留地告诉了她。

在两个月期满的最后一天，也是我拆完石膏的第一天。

曾心问我："其实，电钢琴的主人，不是你妹妹，而是女朋友吧！"

聪慧如她。我哑然失笑，摇摇头。

"我曾经很偏执地喜欢她很多年，但是，她已经嫁人了！"

"那你还爱她吗？"

"不爱了，她有了更爱她的人！"

"你恨她吧？"曾心的声音里，有一些惆怅。

有一瞬间，我在猜想……

但很快又被自己否定了。

"为什么要恨呢？她找到了可以托付终身的人，所有爱她的人都会为她而高兴的！而我对她的感情，也已经结束了！也许你会怀疑。但是，如果一段爱情的结束是平和的，那么，他们之间是没有恨的。爱情一旦升华成了亲情，即使最后的结局是分别，也绝对不会有任何恨的成分！"

"是这样的吗？"她的眼里充满了怀疑，但我知道，她已经明白了我的话。

我将自己放在一个哥哥的位置，一个老师的位置，一个前辈的位置，希望让年幼的她明白更多的道理，这样，她的成长才不会走太多的弯路。

可就在曾心出现在我的教练车上时，我却迷茫了。

这个谜团一样的小姑娘，她究竟是怎么样的一个人？

我所负责的，是贵族班的教授课程，来学习的，都是非富即贵的人！

两个月前，这个可怜兮兮跟我砍价，并且要我免费教她钢琴的女孩子，此刻，正握着那张需要昂贵学费才能换回的绿色学时卡。

我等着她跟我解释。

可是，她却一句也没有解释。

直到授课完成，她走向教练场外停着的那辆车。

透过车窗，我看见了一个特别眼熟的侧面。

那个从露台上摔下来的中年女人。

曾心对我说了一声“对不起”，然后奔向女人，嘴里叫着“妈妈”。

那么……

谜底·曾心

我明白，这一次古先生是真的生气了。

他并未送来那架电钢琴，只是叫人送来了一个信封，里面有我付的定金。别人告诉我，钢琴已经送给了某个慈善学校。他哪能这么慷慨，他那么穷，他都需要别人救济。

他不再接我的电话，也不回我的短信。除非，我是请教关于驾驶的问题。

我按时去上课，他除了细心教我开车，其余的话一句也不多说。

我知道，他在等着我解释。

可是，我要怎么说？

难道告诉他，我早就知道了他与新任曾太太的往事？早就看出了他对新任曾太太的一片痴情？

曾先生和新任曾太太婚礼时，古先生是站在亲友团里的。在他离开之后，我听见他身后有人议论：这是一个痴情的男人，喜欢了小曼那么久，现在还要亲自来看她嫁掉。

所以，这让我很想知道，曾先生的新太太究竟是怎么样的一个人，会让曾先生舍得抛妻弃女，还有别的男人对她念念不忘。

前任曾太太很没出息，竟然躲在窗口看婚礼，还不小心摔下露台。

如果不是好心人救了她，也不知道她会被摔成什么样子。等我赶到医院的时候，好心人已经走掉了，只留下了一张广告单，上面写着转让电钢琴等字样。

我去买这架电钢琴，原本只是为了报答他对母亲的救命之恩，只是没有想到，他竟然是对母亲情敌一往情深的男子。

好奇心的驱使，让我选择了跟他学琴。

他对我的身世一点也不怀疑。

所有人都只懂得看表面。只要穿得不够好，总是哭穷，那么，别人肯定会相信我有多么的穷困潦倒。天知道，我有多么希望自己只是个穷小孩，就像很多年前那样，浑身上下加起来不足两百块，可是一家人幸福快乐地生活在一起。

可是，当曾先生被人称为“富豪”的时候，当我频繁收到各种名牌的时候，这样的幸福快乐也结束了。

古先生，你能明白一个天生拜金的少女，此刻有多么痛恨金钱与物质吗？

古先生，你能理解一个天生爱美的少女，此刻有多么厌恶装扮自己吗？

古先生，你能体会一个相信爱情、相信永远的少女，此刻对爱情、对婚姻充满着怎样的疑问吗？

你都不知道。

因为，你还在生我的气。

可是，我只是想让你明白，谢谢你出现在我的生命里，至少让我明白了，什么是宽恕，什么是原谅。

我将这些话，全部编成短信，然后发给了他。

手机屏幕一直黑着。

他没有回我的短信。

八个月后，我如期拿到驾照！

可是，古先生依然不再提钢琴的事情。

“你准备一直生气至死吗？”终于，我忍不住问。

“拿到驾照以后，也不可以粗心大意，开车上路，就要对自己和别人的生命安全负责。”

他像个教练那样例行公事地嘱咐我。

“我不是刻意隐瞒你的！”

他一言不发，转身离开。

“古易，你是个大笨蛋！”我捡起一枚石子，扔向他。

石子砸中了他的后脑勺。

他捂了捂后脑勺，回头看我一眼，然后摇摇头。

“喂，这么野蛮，怎么交男朋友啊！”

“那你要对我负责啊！”

“凭什么？”

“因为我是你的学生啊！”

“我不搞师生恋！”

“这可由不得你，我喜欢上你了！”

古先生呆了两秒，然后笑了。

“傻丫头！”

“电钢琴真的送别人了？”这是藏在我心底纠结许久的问题。

他摇摇头。

“那，送给我吧！我需要一台电钢琴，我想弹一首《单人枕头离别曲》给你听！”

“小姑娘，这么露骨的音乐名字可不太适合你……”

“其实就是黄韵玲的《双人枕头》，我真的会弹哦，走吧，回家我弹给你听！”

看着他目瞪口呆的样子，我开心地缠着他的手臂。

“告诉你哦，我高考落榜了，也不准备继续念书了！”

“为什么啊？”

“因为，我的梦想是，做一名钢琴老师！”

“啊？”

“其实我一直都会弹钢琴的，新任曾太太，曾经是我的钢琴老师！”

古先生的脸绿了！

“不过，谢谢她的出现，才让我认识你啊！”

古先生的脸，由绿变红。

爱情，原来是这样的呀……

我从来没有想过，我会爱上一个年长我十岁的“老男人”！

不婚主义？好吧，画上一个问号吧！

我终于明白，爱情，真的是没有道理可言的！它要来的时候，就算是你发过多么惊天动地的毒誓也没有用的！这是命运的安排，上天注定的！

所以，我决定原谅他们。

总有爱情属于你

爱一个人，是不是一定非要得到对方，才算是最终的结局？

其实注视，也是一种爱。

默默地守在那个人身边，以朋友的身份也好，旁的身份也好，不一定要占有，不一定要索取，只要能在一

起——无论是怎样的方式，两个人一路前行，终古不离。

只要那个人好。

这，也是爱。

1. 七夕，中暑

七月初七，牛郎织女相会日，中国情人节。

茉莉希望在这一天，能够收到情书，最好还是毕业班那个她暗恋许久的张公子亲笔写的。

但是，事实证明，“梦想”与“现实”是有很大差距的，人家张公子是有女朋友的。对方是毕业班班长，两人真可谓是门当户对，郎才女貌，有朝一日，肯定是要比翼双飞，共同参与某名牌大学的建校费“凑份子”活动的。

而我们的小茉莉，高二年级，十七岁，身材发育刚刚“显山露水”，没有绝佳的成绩，也没有出众的美貌，最关键也是最致命的是，张公子根本就不认识茉莉，就算两人擦肩而过，也不过是路人甲。她的闺蜜曾心小姐早已断言说，她是痴心妄想，与张公子根本没戏。

可是茉莉，还是那么痴痴地暗恋着张公子，倔强又骄傲地暗恋着。

遥记三天前，晚自习课间十分钟，张公子牵着心爱女友的小手，分秒必争地奔向操场，最后消失于树荫下。

月华如水，流泻大地，张公子趁着月色，枕着树荫，搂紧女友便是一阵热烈的亲吻。

而我们骄傲的小茉莉，就在这白玉一般亮洁的月色下，躲在三米外的树荫里，绞着衣角，咬着嘴唇，白痴一样地偷窥，直到泪水模糊了视线，上课铃响起，张公子与女友消失在茫茫月色中，她才慢悠悠地回到教室，孤寂的背影拉得长长的，看起来相当可怜。

根本就是自虐狂。

话说回到七夕这天，茉莉姑娘又干了一件惊天动地的傻事。

白花花的太阳毫不客气地烘烤着茉莉。她撑着一把粉色的小伞，且不是防紫外线的那种，坐在滚烫的木椅上，心里七上八下，不是担心坐了热凳子会长痔疮，而是害怕见不到喜欢的人。

今天是周末，她不能够在学校看到他，所以只好坐在他家与舞蹈学校之间必经的马路边，碰碰运气好了。

哦，忘记介绍了，张公子是“舞神”，拉丁、探戈和街舞，都是他的强项。而我们的茉莉姑娘，也是因为他的舞蹈而被迷得神魂颠倒。

为了迎接“舞神”的路过，茉莉特地打扮了下自己。五彩的纯棉长裙遮住一半的腿，还有半截小腿皮肤暴露在外，接受阳光的洗礼；十厘米的高跟鞋，正在征服她的双脚，十根脚指头早就贴满了创可贴。若不是为了光彩照人地在情人节这天出现在张公子面前，让她苦涩的单人恋爱变得稍微完美一点，她才不要这么折磨自己。

手腕上的红色米奇手表，秒针毫不客气地数落着时间行走的声音。

午餐时间已经过去了。

张公子为什么还没有回家呢？

茉莉有些沮丧，小脸蛋红红的，油油的，就像贴了两片烤得冒油的火腿。在烈日下暴晒一个小时，只为等暗恋的男生出现，这样的事情，大概也只有闷头闷脑的茉莉才做得到。

不止一个行人对她施注目礼。

她依旧将“走自己的路，让别人去说吧”奉为真理。

因此，在坚持一个半小时以后，她终于在一男一女两个路人的眼神里，被烈日征服了。

我们的茉莉倒下了，正巧一阵狂风吹来，掀起了她的长裙，遮在她的小脸上。

原本正在争执的路人甲和路人乙，看着眼前那香艳又恐怖的一幕，惊得眼珠子都快落下来了。

茉莉姑娘穿的是红色米奇纯棉内裤，还有小小的白色蕾丝花边呢！

2. 星探？麻豆？

什么叫“塞翁失马，焉知非福”？

想必此刻，茉莉同学绝对可以“现身说法”，不用引经据典，也可以将“成语”解释得清楚明了，明了清楚。

七夕情人节，想在马路上假装邂逅暗恋的男孩，却因中暑而不幸晕倒。就在这个时候，很戏剧性地出现了路人甲和路人乙。请注意，这两位中，只有一位属于异性，而当时，身为同性的葛温温小姐手中拿着一张传单，正在极力游说身为异性的何橡东先生。

不要以为手拿传单的就是洗衣粉推销员，人家也有可能是娱乐圈的星探，虽然工作性质大致相同，但是社会地位绝对不在一个档次！

所以当茉莉醒来，葛温温将某某Model经纪公司的传单递给她，她却当作扇子一样摇来晃去时，立即招来了葛温温一阵严厉的批评。茉莉这才明白，原来这世上真有“星探”这一行，并且就低调地活动在她的生活圈子周围。

还是有一点小遗憾的，没想到“星探”会这么拙。

葛温温小姐穿着白T恤，蓝色牛仔裤，简单的短发看起来毫无创意，一点也不像在娱乐圈混的人。

并且，她的表情也一点不骄傲，想象一下混娱乐圈的那些人，哪一个不是眼睛长在头顶上，而此刻葛温温却和颜悦色，甚至涎着一张脸，眼巴巴地望着她，幽幽地吐了一句：“做我的麻豆吧！”

麻豆？Model！

话说是要去排什么话剧，全部要新人。

其实这些对茉莉小姐都是没有任何吸引力的，最大的吸引力，是她在葛温温手中的资料里看到了一张报名表，署的正是张公子那扬扬得意的大名。

“我要去，我要去，我要去！”不待葛温温讲解所排剧目，茉莉就举手大叫，手舞足蹈得一点也不像个病人，活像打了鸡血一般。

吓得葛温温和何橡东目瞪口呆。特别是无辜的何橡东，在以超越刘翔的速度买来藿香正气水之后，却看到刚才那个奄奄一息的女孩子活蹦乱跳，心底不仅好奇到底是什么东西比藿香正气水治疗中暑还要厉害，更想知道她目前到底是需要这盒抗中暑药，还是不需要。

递还是不递，是个问题。

还在烦恼，还在纠结，但那丫头，却对他露出一个甜美的笑容。

“喂，你也是要一起去的吧！”

他顿时觉得百花齐放，盛夏竟有如此灿烂的春光。

好吧，茉莉的爱情艳遇，就这么开始了！

3. CBD麻豆公司

葛温温虽然没有明星气质，但她所供职的演艺经纪公司看起来却很有明星气质，娱乐范儿十足。

首先，公司位于CBD某座华丽大厦的第二十层，不高不矮，光线充足，即使是有恐高症的人也不必担心，人家的楼可坚固得很，即使换在地震活动带也不一定会坍塌，更不可能像上海某座楼那样，毫不负责任地倒地睡觉，事前连招呼也不打一个。而且公司绿化做得很好，在绿树丛中捉迷藏都完全可以。

除了几位高管的办公室和会议室，余下的便是一个三百平方米左右的舞蹈室，墙壁贴满了镜子，进去后，令人感觉空间无限大。平时，这里用于麻豆的培训。

这一次，自然也不例外。

在这个窗明几净、洋溢着汗味与香水味及中央空调味的空间里，一群年轻人，大约五六十个，最大的二十二岁，最小的十五岁。他们安安静静的，就像传销组织那样，尽心地倾听（排在后面的人看不见，只能用听）着台上舞蹈老师的肢体培训。

在人群的倒数第二排，传说中的“压轴末位”，站着我们的女主角茉莉小姐。

A型血，狮子座，阴性与阳性、消极性与积极性混合在一起，于是，我们可怜的茉莉，变成很怪异的少女。面对张公子，即使站在相隔三十公分的距离，她依然目不斜视，假装好骄傲的样子。可是，只有她自己知道，眼角余光一直在锲而不舍地追逐张公子的身影。

这个小细节，被巡视经过的葛温温发现了，仿佛一位老师，或者是“监工”，她低声咳嗽，提醒茉莉要认真听舞蹈老师授课。此时此刻的她，可一点也没有先前在路上派发传单时的狼狈模样，娱乐圈范儿终于“暴露”，戴着一副白框的装饰眼镜，看起来超有明星气质。

我们的话题继续回到故事轴心——何橡东、张公子，还有茉莉。因为长相、气质、身高俱佳，这三人均有幸被选为某个大型古装神话歌舞剧的舞蹈演员。

听起来似乎很光鲜，但是坦白说，分给他们的都是些不入流的角色，不是在男主角引吭高歌的时候在他身后充当肌肉男舞动，便是在女主角轻盈舞蹈的时候充当绿叶，总之一句话，我们的三位主角在这场大型古装神话剧里所扮演的角色，就是我们俗话说的“死跑龙套”的。

茉莉有一种上当受骗的感觉。但是，合同已经签了，正好也到了暑假，反正闲着也是闲着，每日三十块餐补费，总比周星星每天只有一盒盒饭要强，不排白不排。况且，还可以每天看到张公子，尽管到现在为止，茉莉与张公子也只是点头微笑的交情，还不如何橡东与她熟悉呢。

话说何橡东，这个呆头呆脑的男孩子，很哀怨，很亏损。

他明明是大有前途的IT精英，却因为签了这该死的演出合约，而“挨踢”了——因为多次旷工，公司炒了他的鱿鱼。想当初，公司濒临危机，何橡东先生连续一个月通宵达旦地做程序，找漏洞，做数据，与留下来为数不多的几位同事一起让公司起死回生……这些，老板似乎都忘记了。

事实证明，大多数资本家就像婊子，是不讲人情的!

尽管代价如此惨痛，何橡东先生依旧“一心向艺”，无怨无悔，死忠地扮演着男主角背后的肌肉男。谁让他大学刚毕业，谁让他长着一张正气凛然的脸，谁让他的未来充满变数?

最关键的是，谁让他遇见了茉莉。

这个，让他爱恨交织，抓狂不已，极爱穿橙红柳绿卡通内裤还频繁露底走光的小茉莉!

何橡东可以对天发誓，他真不是故意看到的!

谁让茉莉在舞蹈培训的时候，就站在他旁边紧紧挨着的位置呢!

4. 精英，你是我的知己

舞蹈培训课上到了第二十天，舞台实地彩排又进行了十天。

这样，一个月的时间，“嗖”地过去了。

距离首演，还有一个星期。

从CBD三百平方米的练舞场，到超豪华无法估算空间面积的剧院，茉莉小姐长了好大的见识。尽管只是“死跑龙套”的，可是在本剧中的地位依旧是“举足重轻”的。导演说，一个也不能少，缺了谁都不行。

那是当然，每个人至少要扮演两个以上的角色，和音，做人肉背景，都是编排好了的，就像一组制作严谨的齿轮，哪一个出了差错都不行。

每次导演这么一说，茉莉的心底都会想，万一有谁在首演之前出了意外，或是生病住院了呢？

“呸呸呸！”只是默默地这么一想，茉莉都觉得好有罪恶感，恨不得吐自己口水，怎么可以有这么邪恶的灵魂。

对于她神经质的表现，何橡东往往是一笑置之。

排练间隙的休息时间，茉莉坐在剧场舞台的边缘，垂着双脚，打着节拍，偷偷看着舞台下面某处的某人。

递上一瓶矿泉水，何橡东坐在她身边。

茉莉很高兴自己有人陪伴，话匣子顿开。

“嘿，精英，你说如果一个女生喜欢一个男生已经很久了，是不是应该放下矜持跟人家告白啊？”

相识一个月，他们已经熟得像认识了十多年。茉莉从不直呼何橡东的名字，却管他叫精英。

最开始，何橡东以为拥有一个独一无二的昵称，就代表着自己在茉莉心里的特殊地位。

可是，茉莉的一句话却将他的心猿意马打得支离破碎。

“嘿，精英，你知道吗，你真的是上帝派给我的知已啊！”

所以，身为“知已”的何橡东，只有无条件地倾听茉莉的喜怒哀乐，以及对某位公子的暗恋故事，并且，还是无数次的。

对于这个本月询问了第三十次的问题，何橡东愣了一下，若有所思地看向不远处正在和某个知名演员套近乎的张公子。

“但是告白又能怎么样呢？人家原本就有女朋友……”茉莉也看向张公子，眼神无限哀怨，又开始进入“自言自语”的状态。

喜欢一个人，能够达到这样的境地，真的好有修为。这世间，大概也只有狮子座可以做到吧！

可是这哀怨竟绕了个弯，传达到了何橡东的心底来，生生地撕扯着他的心，好疼好疼。

“如果，一个男人喜欢一个女孩已经很久了，那你说他是不是应该勇敢地去追啊？”他反问。

“废话，当然要追！”

“可如果她原本就有喜欢的人了呢？”

“那……那还是继续痛苦地单相思吧，强扭的瓜不甜……”茉莉拧开矿泉水瓶盖子，“咕咚”灌了好大一口水，然后仿佛痛下决心一般说，“好吧，姑娘我决定了，一定要吸引他的注意，让他主动跟我告白。”接着，又尿了，叹了口气，哀怨地说，“可我是女生哎，凭什么要我去跟他说？而且，而且为什么他总是无法注意到我的存在啊！”

真的是好令人懊恼的现实……

平素没事，她都会在张公子面前晃来晃去好几百次，一旦有水有茶有糕点，也会非常可人心意地递给张公子。可是他们之间的交情，除了点头微笑Say Goodbye之外，竟然一点也不见长进。

难道真的是个人魅力有偏差？或是与张公子真的不在同一个气场？

这一场痛苦的单恋，究竟何时休啊？

“茉莉，不知道你懂不懂一个道理。”

“什么呀？”

“你告诉我，世界上最遥远的距离是什么？”

“天人永隔！”茉莉很配合，表情很沉重。何橡东的表情很严肃，很煽情，她没理由不配合！

“错，世界上最遥远的距离，不是生与死，而是我就站在你的面前，你却不知道我爱你！”

茉莉怔在那里，有点难以消化这句话。

到底，谁爱谁？

“就是说，不在乎你的人，即使你一直站在他的面前，他的眼里也未必能够看见你！”

何橡东起身，走向剧场后台。

那背影在灯光下，看起来伟岸修长，又那么凄凉。

茉莉噘噘嘴，起身追着他说：“哎，精英，你那比我多吃五年的白米饭真不是白吃的，你说你怎么就能说出这么有格调的话啊？为什么我就不会讲啊？”

何橡东深吸口气，停止，转身。

茉莉的小鼻子撞上他的胸膛，痛得哇哇大叫。

“你为什么喜欢他？”

“怎么忽然这么严肃？”

“回答我。”

“我……不知道。”她真的没有想过这个原因，喜欢一个人需要理由吗?

“那就是没理由，对吗?”

茉莉点点头。

何橡东脸上的神采很暗淡，他的语气仿佛很沮丧，像个诗人那样说：“最坚固的爱，就是没有任何理由地去爱上一个人！不因为他的好，也不因为他的坏！”

“精英，你是一个哲学家！”茉莉笑了起来，“而且还是一个爱情哲学家！”

春光灿烂，鸟语花香。

就是因为这样的感觉，他喜欢上了这个傻姑娘。

但是他的爱，有理由；而她对别人的爱，却毫无理由。

他不如她，无可奈何，真的无可奈何。

何橡东苦苦一笑。

“傻丫头，把泰戈尔的《世界上最遥远的距离》找来看看好不好！”

5. 世界上最遥远的距离

世界上最遥远的距离，不是生与死，而是我就站在你面前，你却不知道我爱你；

世界上最遥远的距离，不是我站在你面前，你却不知道我爱你；而是知道明明彼此相爱，却不能在一起；

世界上最遥远的距离，不是明明知道彼此相爱，却不能在一起，而是明明无法抵挡这股思念，却还得故意装作丝毫没有把你放在心上；

世界上最遥远的距离，不是明明无法抵挡这股思念，却还故意装作丝毫没有把你放在心里，而是用自己冷漠的心对爱你的人掘了一条无法跨越的沟渠。

对着电脑，茉莉忍不住热烈鼓掌，真是无限感慨！

真是一首好诗！

Google中文搜索引擎是个好东西，不是茉莉小姐崇洋媚外，自从百度“竞价排名”事件曝光之后，超有正义感的她就很愤怒地选择了Google。还改了MSN签名：我们的国家总是让我难堪！

如果没有Google帮忙，她大概永远无法领悟“精英”的话中真意。

在“精英”何橡东人间蒸发的第七天，茉莉离开了剧团，正式退出了“演艺圈”，为此，她付出了一分钱酬劳也拿不到的代价。

但是在少了她与何橡东之后，这个大型神话歌舞剧还是正常运行，一点也没有瘫痪，相反，在何橡东消失的第二天，就有新演员替补上来，一点也不像导演最初所说的“一个也不能少”！想必她的离开，也很快就会有人填补空位。

中国最不缺的是什么？当然是人啦！

可是大人就喜欢危言耸听，总是撒谎威胁恐吓小孩子！

何橡东一定是早就猜到了这是一场游戏一场梦，所以在说完“世界上最遥远的距离”的第二天，就彻底地消失了。

电话停机。MSN和QQ永远黑色，论坛ID也不见上线，开心网从此不用，即使菜地里的菜全部被她偷光了，牧场里的鸡鸭鹅全部被她卖掉了，他也不管不问不出现，真是好绝情的消失，令人以为他已经死掉了！

可是，她相信他还活着。

Google中文搜索引擎真是个好东西，这里不得不再表扬一次。通过它，她找到了他ChinaRen的校友录，再通过校友录，找到了他的博客地址；通过这个博客，她知道了他的近况——手机掉了，考上公务员了，去北京了，从“演艺圈”发展到“政界”去了。

可是，为什么不跟她联系呢？

甚至不告而别。

茉莉很想知道为什么，可却什么也没说。

这个年长她五岁的“老男人”，真的让人很伤脑筋。

每天光临他的博客，看他的故事，他的心情，他的一点一滴。

谁让她如此骄傲，拉不下脸面主动找他，只好默默地，傻傻地，这样做。

关于张公子。

好吧，茉莉承认，在公演前一个星期，即她最后一次对何橡东说很想向张公子告白之后的第二天，她在后台发现张公子很卑微地去恳求葛温温替他换角色，自那开始，她便不是那么喜欢他了。她的“舞神”张公子，怎么可以为了一个小角色而丢掉自己男性的尊严呢？她多么希望，他像何橡东那样，因为不肯做一个“死跑龙套”的，所以很不屑一顾地就离开了剧团。

对，最开始，她是这样理解的。

但是，当初何橡东又为什么肯丢掉饭碗到剧团来跑龙套呢？难道不是为了成为“明日之星”？

茉莉曾经问过何橡东这个问题，但是何橡东却一本正经地回答说：“为了一朵异次元的小野花！”

每次他说冷笑话的时候，都是一本正经的样子，让人觉得他说的话都好真，所以当时，茉莉觉得好冷，然后冷冷地一笑而过。

可是后来，在他的博客，她却看见了那朵长在他心底的异次元小野花，这朵花，还有另外一个名字，叫“茉莉”！

难道，他的出现与消失，都是因为这朵异次元的小茉莉？

他离开之前不肯告诉她，还叫她去看《世界上最遥远的距离》。

明知道她好奇心很严重的，干吗要在博客里写上他喜欢她。

早干吗去了？为什么不当面说啊？故意搞得像个偶像剧一般让人肝肠寸断，痛彻心扉啊！

他肯定知道她会找过去！这人心机好重！不带这么玩的！真过分！

6. 知己

“嘿，精英，原来你在北京呀，正好近期我要来北京旅行，你可不可以抽空接见下我呢？你看我对你多好，从遥远的蛮荒之地跑来首都看望你，你一定很感动吧！那个歌舞剧已经公演了，真想和你一起去看呢，可惜你已经不在这座城市了，好遗憾哦！听说最近首都剧场有一个新话剧叫《知己》，冯远征主演的，不如你请我去看吧，好歹，你是上天派给我的知己啊，总要尽职尽责，不可以辜负老天的一片苦心啊！”

恬不知耻地，她在他的博客留言，竟然忘记点上“悄悄话”就迫不及待地发了出去。

然后，这条留言就赤裸裸地出现在何先生的首页！

茉莉惊异地发现了这个结果，愣了两秒，立即恢复正常。手忙脚乱，捶胸顿足，恨不得用头去撞那台电脑——如果这样可以阻止那条留言公之于众的话。

好丢脸，好丢脸！这下可好了，全世界的人都知道她在约他看话剧！全世界的人都知道她茉莉这么不知羞耻。她不活了，她不活了……

她跳上床去，用被子蒙住自己的头，滚来又滚去、滚来又滚去，悔得肠子都快打结了。

娘的，真希望哆啦A梦就是她家的小猫咪，关键时刻，叫它变个“后悔丸”来，什么事情都没有了。

可是，这世间哪有什么哆啦A梦，更没有“后悔丸”。

就在茉莉蜷缩成一团，裹着被子继续打滚，继续后悔的时候，手机铃声欢快地响了起来。

陌生电话号码！

“喂？”

“嗨，异次元的小野花……”这声音好有磁性……茉莉的脑子短路三秒，不吭声。

“茉莉，是我……”他继续磁性！

茉莉总算认出了他，可是舌头却打结了！

“精、精英？”

从发完消息到接到他的电话，不过才隔了三分钟而已！

难道他一直都在BLOG上潜伏着？

“机票订了吗？”多么温和的声音，却令茉莉不知所措。

“还，还没有……”

“可是我已经订了话剧票了啊！”

“啊？”这么快！她明明是刚留言，他却好像预谋已久一般。

“不过，在去首都看话剧之前，我们先去看之前排的那出古装歌舞剧好不好？其实这部戏的制作也挺豪华的，不知道坐在观众席上看，感觉会不会更不同。”

“你不是在北京吗？”

“你觉得呢？”他轻声笑了，“你不是说，我是上天派来给你的知己吗？知己，当然应该知道你在想什么。明天下午六点，我来接你，打扮漂亮一点哦。”

什么意思呢？

茉莉还想问话，可是对方却不给她任何机会，匆匆说完再见，就毫不客气地挂断了她的电话。真是一个没礼貌的男人！

可是，被人很没礼貌挂掉电话的茉莉竟然抱着被子开心地笑了。笑得跌在被子里，笑得在床上滚来滚去，滚来滚去，好不快乐。

7. 这世上的奇迹

如果说，“奇迹”这个名词就是解释在不适宜的时间地点发生了不可思议的事情，那么，茉莉与何橡东的相识相恋也可以说是一种奇迹。

坐在宽敞的剧场，看着这宏大的古典歌舞剧，体味着几千年前的爱情故事。

何橡东先生和茉莉小姐坐在连座上，那姿态足以用正襟危坐来形容。

在此之前，何橡东出现在茉莉眼前时，迎来的却是一连串的拳打脚踢。

“为什么你要不告而别呢？”

“为什么你手机停机了？为什么不联络我？”

“为什么跑去北京了却又忽然出现在我面前呢？”

“为什么你那么快就看到了我的留言？”

面对茉莉连珠炮似的问题，何橡东呆了。

好吧，故事到了这里，应该坦白承认了吧！

何橡东确实是不告而别，因为他暗恋许久的茉莉始终喜欢那个绣花枕头草包似的张公子，却对他这个资优青年、超级潜力股视而不见，眼光品位实在太低。

他的不辞而别，也可以用“愤然离去”来形容。

同时，第二天就要飞到北京去，为了新工作，总要做一些准备与铺垫，男人，还是事业为主比较好，爱情嘛，是自己的，总是自己的。那个时候，何橡东觉得自己特别爷们，特别有事业心，特别有担当。

后来，实在太过想念茉莉这个傻妞，又不想强扭这朵花，只好将眼泪留给自己，将悲伤写到BLOG里。

接着，他看到了茉莉的访客记录，知道这个骄傲的狮子座女生是不会主动找他的，于是在BLOG里公开写上他喜欢茉莉的事情。

这是他的撒手锏！

只有这样，像公主那样被捧上天的茉莉才会明白他的心意。

在此，要感谢BLOG的鼎力支持，如果没有了这玩意儿，指不定茉莉花谢掉了，他们的爱情还是没有任何结果的。

“我喜欢你，茉莉，我真的很喜欢你！”

肉麻地说完这句话，然后他看着茉莉整个人化成木头一样杵在他面前，满心欢喜。

但是，为什么在这个关键的时刻，何橡东却偏偏与茉莉在同一个城市呢？

如果说，以上的是预谋，那么以下的，就真的是纯属偶然，是奇迹了。

何橡东先生的离职是有预谋的，因为他参加了科举——就是传说中的“公务员考试”，并且有幸被录取，还被派往首都。当然，这样神话般的迁升，肯定是有原因的，具体的原因，由于跟本故事无关，所以就不告诉你了。

但是后来，他遭遇星探真的是很无辜，因为他确实不知道星探葛温温小姐会潜伏在那条路上，就更不知道还有个傻姑娘会在那条路上等待暗恋的男孩子经过。

如果不是因为她中暑；如果不是因为那阵风掀起了她的裙子；如果不是因为她笑起来很美，并且叫他一起去……

也许，就没有这些奇迹了。

足以被称为“奇迹”的爱情，会天长地久的。

在何橡东向茉莉告白之后，他得到了茉莉一个轻轻的吻，当作回复。

九零后的姑娘对待爱情就是干脆利落，一点也不拖泥带水。

“所以，你高考后会准备来北京念书吗？”何橡东的双眼，充满期望地看着她。

茉莉点点头，像是许诺一般说：“我会创造另一个奇迹！”

“另一个奇迹？”

“对啊，我是奇迹小姐，我肯定能够考上传说中的王牌学校！”

“好，要加油哦！”

他不再说什么，因为他相信，一个骄傲的姑娘，一旦许下了某个诺言，一定会努力去实现的。

何橡东轻轻地握住茉莉同学的手，十指紧扣。

茉莉同学轻轻地将头搁在他的肩膀上，满面通红。

过往一起排舞的朋友还在舞台上奋力配合，厚重的盔甲，轻薄的彩纱，绚丽的灯光，动人的音乐……

就这样，茉莉和何橡东，谁也没有提醒谁，就那么在一起了。

舞台上，张公子依然很辛苦地扮演着男主角身后的那个角色，做人肉背景，偶尔发个声和个音。跑龙套的生涯真的很辛苦，张公子的演艺人生才刚开始。

茉莉唯有在心底默默为他祝福：革命尚未成功，同志仍须努力！

而张公子，似乎也有所感应。

在舞台下面那茫茫人海中，貌似看到了两个熟悉的面孔，可是转了一个圈回来，又再也找不到了。

很多时候，很多东西，就是在转圈的这一瞬间，一不小心丢失的。

这足以证明，拥有的时候一定要懂得去珍惜，“珍惜”这个词语，对我们的人生，是如此的重要，具有分量，不可忽视！

音乐还在继续，故事已接近尾声，当帷幕落下来，又是另一种开始。

爱一个人，是不是一定非要得到对方，才算是最终的结局?

其实注视，也是一种爱。

默默地守在那个人身边，以朋友的身份也好，别的身份也好，不一定要占有，不一定要索取，只要能在一

起——无论是怎样的方式，两个人一路前行，终古不离。

只要那个人好。

这，也是爱。

后　记

臆想当中的爱情，不足以为爱情

何琳跟我聊她的故事是在今年春天的一个傍晚，也是在那之前不久我才知道，她大学毕业在回到这座城市以前，谈过一个男朋友，但最终以被别人劈腿告终。

她对爱情显然充满了不信任，即使后来遇见这位做警察的丈夫，也总觉得情感没有保障。

一次感情的挫败，让她极度缺乏安全感。

“你说，一个人会不会同时喜欢上两个人？”她问我。

我不假思索，毫不犹豫地说：“会。同时喜欢三个及以上的都有可能。”

她愣住。

我一本正经地说：“不开玩笑。”

“那你怎么看他们？”

“精力旺盛，心太宽。”

何琳嗔怪地看我一眼，我的回答又一次被她当成了玩笑。

“如果我是这样的人，你还会不会和我继续做朋友？”她很忐忑地看着我。

我微微一笑，轻声说：“不管你是怎样的人，都不影响我们是朋友这件事情。”

她鼓足勇气，娓娓道来。

2011年，和老公结婚的第三年，我们的感情出现了危机。他升职失败，我工作不顺。他的父母想让我早点生孩子，可我完全没有那个心理准备。我们结婚之前就曾商量过，等我三十岁的时候再要孩子，他当时是同意了的，但没想到他父母一提到孩子这个问题，他就变卦了。他说他想早点做父亲，可我一点也不想那么早被绑在家里，尤其是他升职失败，成天喝酒抽烟，和狐朋狗友玩到半夜才回家之后，我更是不愿意再去想与这个男人的未来。我们很少说话，很少交流。他不愿与我说话的原因，除了因为工作性质长期不着家之外，便是怨我不愿意为他生孩子吧。而我，也越发觉得我们的结合是个错误，他永远不懂我心里到底想要什么！我多想有个温柔、体贴、潇洒、浪漫的老公啊，可偏偏他是个成天酗酒、抽烟、打牌，又不解风情的莽夫。

那个家里，我真是一刻也待不下去。不愿意在家里多待，所以每天我的生活就是上班下班，上网下网。在网上和人交朋友的好处就是，你永远不会因为生气而冲着对方咆哮，而且似乎每一个陌生人都会成为你的心灵鸡汤，当你烦恼的时候，对方必然会给你一个解决方案，尽管不一定有用，却让我找到了存在感，我的寄托一下子从现实生活转移到了虚拟社区里。

我一旦有空，便刷新浪微博，那时候微信朋友圈还没火起来，陌陌、遇见什么的也都还没有。新浪微博是多数人的聊天工具，几乎全民微博。我也不例外。

L先生是我前男友朋友的朋友，多年前曾有过一面之缘，印象并不深刻。后来在微博遇上，觉得这个人风趣幽默还挺有趣，便主动去关注了他。后来再看到他的照片，十分惊讶。这个人不正是我所喜欢的那一型吗？为什么早年见面时，我对他却没有印象呢？我可以确定的是，一开始我和L先生都是心无杂念的。至少我在早期同他聊天的时候，只是想寂寞孤独的时候，有个人聊聊天，解解闷，毕竟他在很遥远的上海，我们无论聊成什么样，也不可能发生什么。

也许是因为以为距离是个保护伞，所以后来越聊越没有底线，越聊越发现对方是自己的同类。

他结婚多年，有个三岁的女儿，妻子是位非常温柔的女士，他很爱她。但那种爱似乎亲情多一些，爱情少一些。他说不出来为什么后来会喜欢我，我们也曾为此痛苦过，两个已婚的男女，躺在自己的伴侣身边，心里却装着别人的伴侣。这像话吗？

从发现喜欢他开始，我就一直在逃避。不再更新微博，不再上网聊天，不再接他电话。但有什么用？越是控制自己，越是喜欢他。他说的每句话都是有趣的，他的声音充满磁性，看着他的照片，我就好想扑到他的怀里去。我想我是疯了，怎么就变成了这样的人，一个成天想着别人老公的贱货。

他也很痛苦，借酒浇愁，给我打电话，说起未来会怎样，我们都感觉一片惨淡。我们开始决定离开彼此的伴侣，但这个决定做出来之后，不久又被搁置了。他舍不得他的孩子，我不敢抛弃我的现在。我觉得我们都是打着爱情的幌子自以为勇敢的懦夫。到后来，我们强忍这种相思之苦，却还是不要见面，我们决定分手……很好笑，明明就没有牵过手，却在做出决定的时候，感受到了像被抽掉灵魂般的痛。我们想见对方，非常非常想，但却不敢见。一旦见面，谁都知道接下来会发生什么。我们不愿意伤害别人。

在纠缠了半年多之后，我们理智地决定改变这种畸形的恋爱关系。

但你明白吗？爱情是种病啊，不是说你不要就会走、你想要就会来的那种东西。分手那段时间，我觉得自己痛苦得都快死了，成天脑子里想的都是他。就连我自己都想不明白，他到底哪里好。

他后来对我蛮狠的，根本不再搭理我。

时间一长，好像也很累了，就真的能做到一两个月都不联系一次的地步。但我还是很想他。我第一次感受到了“相思病”到底是什么样子，成天茶饭不思，满脑子都是他，他在做什么，他有没有在想我，我们会不会有将来。说真的，过去的任何一次恋爱都没有这么痛苦过，我累得快支撑不下去了，心中无数次地为自己分析为什么会这样。也许是因为我过得不够幸福？也许是因为我将他臆想成了完美的理想伴侣？我给自己找了无数个原因，似乎都正确，又似乎都不正确。

我和老公的关系，好像一直都是不冷不热地相处着。就好像韩国电影《现在是和相爱的人一起生活吗》里面的韩彩英与李东旭那样的关系，两人几乎很少聊天，除了隔三岔五做次爱，其实除此之外，我们就连最普通的朋友都算不上。他根本不知道我喜欢什么，讨厌什么，头发有没有烫过，心里藏有什么秘密。他虽然睡在我的身边，可却没能住进我的心里。我的婚姻真是个错误，错得一塌糊涂。

2013年，我和L先生已经不再是无话不谈的朋友，他也不再对我说他喜欢我。如果我不主动联系他，他可以两三个月都不再搭理我一下。我很痛苦，常常梦见他，梦见和他在一起。你知道吗，现在的情况真的让我很难堪，我好像依然还爱着L先生，他在我心中就是最想要的男人。或许是我将他幻想成了那样，或许他本人并不是那个样子……或许他只是无聊的时候想要消遣一下我，而已。

但不管是怎样，目前的情况就是，我们其实已经结束了，无论是对的还是错的。

你说，我该怎么办？

何琳的叙述很长，也很混乱，我已经尽量将她的语言组织成稍微能看懂的地步。她的问题在于，她不再爱她的老公了吗？而L先生不再同她联络，也真的是不再喜欢她了吗？

其实这些，真的那么重要吗？

我很困惑的是："你为什么一定要等到三十岁才肯要孩子？早一点生孩子，是不是这样的困惑就会少一些？"

她毫不犹豫地摇摇头，反问我："给一个自己不爱的男人生孩子，你会做这样的事情吗？"

"何琳，我觉得你这个想法就是错误的！首先你必须要明白，你自己是否喜欢孩子。你的孩子是因为你真心喜欢他，所以才肯生下来的，还是为取悦别人而生。前者是你占主导地位，而后者，便是你自我看轻，将自己当成了别人的附属品。孩子的父亲是谁虽然也很重要，但绝对不是这个孩子是否应该存在的唯一因素。你是为你自己生小孩，而不是为别人。只有这样，你才会感受到孩子给你带来的幸福快乐是无与伦比的。"

她似懂非懂，但不再说什么。

对于她与她老公之间的感情，单凭她的叙述，确实感觉她挺辛苦的。和一个木头人生活在一起，即使是对于不太追求浪漫的我来说，也必然是个折磨啊。

什么样的婚姻才是最幸福的呢？最好是两个人拥有共同的兴趣爱好，共同的奋斗目标，彼此尊重，彼此能从对方的身上汲取到进步的养分，从而感觉到能有这个人携手一生，真是一件幸运又幸福的事情。这样的婚姻，才是值得羡慕的。

至于物质，基本是可以排除在外的。婚姻的幸福程度，其实与经济地位毫无瓜葛。尽管有“你是要爱情还是要面包”这样残酷又愚蠢的问题一直在误导人们，可依然有人前仆后继地为了爱情一穷二白，在所不惜。

何琳没有经历过美好的恋爱，所以对爱情充满幻想。又因为爱慕对象L先生与她相距千里，在她跟前展现的又都是美好的一面，自然会与她不羁随性的老公形成鲜明的对比。那位警察先生是在不知情的情况下，不战而败了，实在是比窦娥还冤。但说到底，还是怨他不曾走入自己妻子细腻的内心。

而关于何琳与L先生之间的爱情，尽管何琳认为这是爱情，可在我看来，不过是两个孤独的人相互取暖，从而衍生出来的暧昧，且是病态的。他们都将对方过于完美化了，除非他们敢把对方的缺点都摆到台面上来说说，然后即使是这样，也依然爱得死去活来，那样才算是真爱。只能看见对方的优点从而产生的感情，是不能称之为爱情的。

马尔克斯在获得诺贝尔奖之后，写了一本非常有趣的小说，《霍乱时期的爱情》。漂亮高贵的女主角费尔明娜与爱慕她的少年佛罗伦蒂诺交换了多年炙热的情书，两人饱尝相思之苦，决定结婚，共度此生，但在一次意外的相遇之后，梦境破碎了。费尔明娜不敢接受自己深爱了那么多年的男人，会是眼前这个瘦小又丑陋的家伙。后来她更是清醒地明白了，这些年来，长驻在她心里并令她为之疯狂的，不过是她以佛罗伦蒂诺这个名字修饰出来的幻影。于是她后来选择了英俊潇洒、地位不凡的乌尔比诺医生。当然，这只是前话，我的意思就是，或许深爱着的，何琳不过是一个以L先生名字所幻化出来的完美男人而已。

我对何琳的建议是，让她和L先生先冷一冷，再以朋友的方式相处一阵子。同时，静下来认真想想最想要什么。再想想，当初她为什么肯嫁给那个愿意为她放弃自由、与她甘苦与共的警察老公。如果还想要继续在一起，不如大家开诚布公地好好聊一聊，说说心里的想法，谈谈对彼此的期待。夫妻之间，沟通尤为重要。作为距离你最近的我，理应成为最了解你的人。

后来……

何琳与L先生倒是没有见面，但与警察老公却有开诚布公地交谈过。虽然这个男人是个极为粗线条的家伙，但对妻子提出的意见，还是虚心接纳了的。戒烟戒酒一时半会儿也不可能，但减量倒是可以做到的。除非紧急公务，其余时候尽量做到朝九晚五，多陪妻子聊天逛街，做个人见人羡慕的好丈夫。而至于生不生孩子这个问题，两人尽量不谈。怀孕是个意外，在何琳还没有做好当妈妈的准备时，孩子来了。她曾打电话问我该怎么办，我没帮她拿主意，只是告诉她，孩子是请不上门的客，一旦来了，就是缘分。

她决定要这个孩子，尽管她感觉自己还不是那么爱她的警察老公。

L先生依然是她的朋友，因为曾经在她心中，他是那么完美的一个人，所以她还是做不到完全忘情。只是觉得相对于自己的孩子来说，与L先生那遥不可及的爱情，就显得不那么重要了。她也逐渐敢于承认，一切都只在于她的臆想。

暧昧这种事情，说有就有，说没有就没有，一切都是取决于你的心而已。